機上の恋は無情!

砂月 花斗
Hanato Sunatsuki

文芸社

目次

本作はフィクションであり、実在の人物、団体、事件等とは一切関係ありません。

機上の恋は無情！

人がある物に必要以上の恐怖を感じるとき、それは今後引き起こされるであろう不測の事態を予知しているのかもしれない。

まだ部分的に残っている動物としての本能が、「マズイ。逃げろ」と回避を促しているのかもしれない。

過剰な恐れは警告の鐘だった……

その瞬間が近づいてくる。刻一刻と。

案内板に表示されている時刻まであと十分もない。

カッラカラに渇いてくる喉。

身体から漏れ聞こえそうな程、速く大きくビートを刻む心臓。

ジワリと嫌な汗がにじむ額と手。

それでも、成年男子としてのプライドからか、今の自分の状況を他人には悟られたくはないと、市ノ瀬潤《いちのせじゅん》はポーカーフェイスを気取っていた。

いや、自分だけが、そうできているつもりだった。

「社長、ジロジロ見るのは止《や》めて下さい。失礼ですよ」

「時枝にも分かるだろう？　あの可憐な花は怯えているようだ」

「何が可憐な花ですか。男ですよ」

「お前には花を愛でる心というものがない。雄花もいいぞ」

「はいはい。また病気が始まったんですか？　困ったお人だ」

自分に向けられている視線に気付くこともなく、市ノ瀬潤は内から湧き出る恐怖と戦っていた。

搭乗口に乗客が並び始めた。

皆、早く機内へ乗り込みたいのか数人が並び始めると、あっという間に列ができた。

――俺もそろそろ並ばないと…

潤が一大決心をして腰をあげた瞬間、とんでもないアナウンスが耳に飛び込んできた。

「ただ今より、ファーストクラス、ビジネスクラスおよび小さなお子様連れのお客様からご搭乗を開始させていただきます」

確か俺のチケットは……ビジネスだ。

もう行かないといけないのか？

あぁ俺の二十一歳の短い人生はここまでだった。

どうして、ビジネスなんだ？

彩子さん、怨むよ。

もう乗り込まないといけないなんてさぁ～

搭乗の順番が人より少し早いというだけで、エコノミーより高価なチケットに文句を言う人間は、きっと市ノ瀬潤ぐらいだろう。青い顔でパスポートと搭乗券を握りしめ、潤は搭乗口へと進んだ。

「お客様、大丈夫ですか？」

パスポートとチケットの確認をしていた係員が、強ばって青い表情の潤に声を掛けてきた。

大丈夫だと？　ふざけるな！　大丈夫なはずないだろうがっ。今から乗り込むんだぞ。墜ちたら死ぬんだっ。痛いんだ！　命の保証が何処にあるっていうんだ——、という心の叫びに蓋をして、

「だ、大丈夫です。ちょっと風邪気味なだけです」

コホッと空咳までしてみせ、平気だと必死でアピールし、潤は搭乗口を通過した。

そして……必死で飛行機への異常な恐怖心と戦いながら、市ノ瀬潤は人生初めての機内へと足を踏み入れたのだった。


「社長、そのにやけた面《つら》どうにかならないんですか？　そんなに凝視したら失礼ですし気付かれますよ。まさかロンドンまでずっと見続ける気じゃないですよね？　あなたの不気味な笑みと共に十二時間のフライトだなんて、悪夢です。はぁ」

ロンドン行きの飛行機が関西空港を離陸した直後、自分の横に座る男の様子に、時枝勝貴《ときえだかつき》は一抹の不安を覚えていた。

男の視線の先には、小刻みに震えながら両の手を握りしめ、目をギュッと閉じきった青年が一人。

輸入販売業から金融業、不動産業まで扱うクロセグループの社長、黒瀬武史《くろせたけし》の秘書として八年共にしてきた時枝は、黒瀬の表情を読むことには長けている。

この男がこういう顔をするときは大抵、対象に興味以上の感情を持つときなのだ。

「幸せが逃げるよ、時枝」

「は？」

「溜息ついただろ」

「はい？」

「溜息をつくと幸せが逃げること知らないのか？　時枝も意外とアホだったんだな。俺より三歳も年上で大学院まで卒業したお前がそんなことも知らなかったなんて、残念だよ。俺の秘書はもっと優秀かと思っていた」

溜息一つでここまで言われるとは、時枝は『もしかしたら、人生の選択肢を間違ったのかもしれない』と、一瞬思った。しかし、黒瀬を導いて行くことを自分の使命と思い込んでいる時枝は、そんなことで引き下がるような男ではなかった。

「社長、はっきり言わせていただきますが、駄目ですよ。そんな溜息問答《ためいきもんどう》で誤魔化そうとしても。花は野にあるべきですからね。間違っても摘み取ろうなんて考えは持たないで下さい。私の仕事が増えます」

「そうだね、時枝。花は野にあって自然の中が美しい。でも、手折られ、花器にその身を委ね、初めて妖しげな美を醸《かも》す花もあるのだよ。あの花は絶対後者だ、時枝。お前もよく見てごらん」

不安的中。

黒瀬の言葉に、名も知らぬ青年のこれから確実に降り注ぐであろう受難を思い、心が痛む時枝だった。

ビジネスクラスというのは、いつもエコノミーを利用している庶民から見れば天国のような居心地だ。特に、今、市ノ瀬潤が乗っているこのロンドンヒースロー空港行きの便は、航空会社一押しのシェル型シートなのだ。リクライニング時にはベッドのようにフラットになり、寝返りまでうてるゆとりのスペースで、空の旅をくつろぎ楽しめるという贅沢な造りである。世間一般の常識から考えて、二十一歳でまだ学生の潤には分不相応な席である。

ロンドンまでの長旅をビジネスクラスで過ごせることに感謝と感動を覚えても罰は当たらないと思うのだが、今の潤は『神様コレは、何かの罰ですか?』と、既に天罰が下った心境だった。

『当機は今からヒースロー国際空港へ向けて出発いたします。シートベルト着用のサインが消えるまでシートベルトをしっかりとお締め下さい。皆様の御協力をお願いいたします』

離陸前の機内アナウンスで潤の緊張は極限に達した。

席に着いてから、安全のしおりを何度読み返したかしれない。救命胴衣着用のビデオも目を凝らして見たし、どこに装備されているのか何回も確認した。非常口をチェックし、手荷物の中に忍ばせておいた水晶のブレスレットを手首に通し、そして安全祈願のお守りを握った。

既に機体は滑走路に出ていた。

ゴーッというエンジン音がしたかと思うと、機体は斜めになり、そして潤はただ無心に祈った。

どうか、どうか、どうかっ神様仏様、無事に俺をロンドンまで運んで下さい。もし、もしですよ、いやあってはならないけど、ゼロコンマゼロゼロ1の確率で墜ちても、痛みだけはゴメンです。身体がバラバラも嫌です。そこのところ、よろしくお願いします。あぁ、遺書、書いておくべきだったんだろうか……

恐怖と緊張で祈る潤の身体はガタガタと音が聞こえそうな程震えていた。

飛行機が一定の高度まで上昇し、シートベルト着用のサインが消え、機内の空気が張り詰めたものから解かれても、『生きた空もない』を文字通り空の上で味わっている潤だった。

一方、潤の預かり知らぬところで……

「時枝、悪いがヒースローに着くまで一人で時間潰してもらえるかな？　俺が横にいないと寂しいだろうが、我慢してくれ。折角お前が後押ししてくれたから、あの花の側でこの長いフライトを楽しむことにした」

黒瀬の言葉に、時枝の顔が引き攣った。

「あの社長、お言葉ですが、私がいつ後押ししましたでしょうか？」

「したじゃないか。ロンドンまで見続ける気かって。俺の笑みとのフライトは悪夢だと言ったよね、時枝」

「ええ、申し上げました。笑みではなくて『不気味な笑み』でしたけど」

「それは、見続けるなという意味だろう？　笑みをお前の横で漏らすなという意味だろう？あの花を見て笑みだけを漏らすなら側に行けばいいじゃないかと、後押ししてくれたと受け取ったが、違ったか？」

どうしたらそういう解釈になるのだろう？

そのあとに交わした会話を忘れたのだろうか？

俺は『駄目』と言った。『花は野にあるべき』とも言った。

手を出すなよっ！　という意味と分かっててこういうこと言うのか？

言う。この男は言う。自分の都合の良い方に物事をねじ曲げる力と知恵を併せ持つ男だ。

時枝は自分の血圧が上昇していくのと、こめかみがピクピクしていくのを感じながら、

「それで結構です。違っていません。どうぞあちらの席へお移り下さい。一人で寂しいかというお気遣いは無用ですから。頼りなく見えてもこれでもあなたより三歳上で大学院卒、しかも男でその上あなたの優秀な秘書ですから」

と自分の意に反して肯定した。

「時枝、何か怒ってるの？」

「何故、私が怒るのですか？　変なこと言わないで下さい」

「そう？　駄々をこねる子どもみたいな口調だったけど」

あ、あなたにだけは言われたくないっ！

「そんなことはありません。どうぞ、あちらで楽しくお過ごし下さい。その代わり向こうに着いたら、仕事だけに集中してもらいますから」

バリバリと音を立てて壊れそうな秘書としての仮面を被り直し、冷やかな声で仕事についての念を押した。

「じゃあ、行ってくるよ。寂しくなっても邪魔しにこないで」

口元と目元に含みのある笑みを滲ませ嬉しそうに席を立つ黒瀬を、時枝はささやかな抵抗で無視していた。

「あの、」

誰かの声が……

「あのう、」

更に大きくなり耳に届く。男の声だ。

何の用事だ？　それどころではないというのに。

「…はい」

不意な呼びかけに潤は顔も上げずに応答だけする。

「お気分が優れないのですか？　先程から震えているようですが」

余裕がない潤は、自分の隣が離陸時に空席だったことすら失念していた。

「いえ、大丈夫です」

「大丈夫そうには見えませんが」

放っておいてくれよという潤の願い虚しくお節介な声が続く。しかも、その声は男声だというのに、甘ったるくて耳に響く。

「ちょっと失礼」

お守りを握りしめている両手の上に、大きな掌が被さってきた。

「何ですかっ」

驚いて潤が顔を上げると、見慣れぬ風貌の男が微笑みかけていた。

潤の日常生活で目にしない部類の顔立ちだ。

紫。

色で例えるなら紫の男。

紫でカラーリングしているわけでも、カラーコンタクトをしているわけでも、身につけているスーツが紫というわけでもないのだが、独特の雰囲気を持つ男を見て、紫の色だと瞬時に思った。

同時にドクンと心臓が鳴った。

飛行機が怖くて波打っていた心臓がその一瞬、違うリズムで鳴いた。

バンドでもしているのかと思わせるゆるいウエーブの掛かった少し色素の抜けた長髪に、鼻筋の通った顔立ち、そして切れ長で一般的な日本人よりも黒い瞳。しっかりとした肩幅、座っているが座高から、バランスのとれた長身であることが窺える。

年は三十歳ぐらいだろうか？

仕立てのよいスーツはかなり高級そうだ。

何者だ？　ホスト？

「照れるな、そんなに見つめられると」

男の言葉に、潤は自分がその男に見とれていたことに気付いた。途端、顔が熱くなる。

「す、すみません」

潤の謝罪に男の顔が綻んだ。

「震えが少し治まったみたいだね」

潤の固く握りしめられた両手の上をまだ男の掌が覆っている。

「どうして俺の手を触っているのですか」

自分が見とれてしまったという負い目から、先程とは違うトーンで改めて男に尋ねた。

「取り除いてあげたいなと思って」

「は？」

男が身を乗り出すように潤に迫ってきた。

「怯え。飛行機、怖いんでしょ？」

内緒話をするように耳元で潤の真実を囁かれ、血流が一気に足元から頭の天辺まで駆け上がった。

「違い……ま……せん、そうです」

違うと言い掛けた潤だったが、男の手から感じる体温が震えを和らげている事実、何を取り繕ってもこの男には見透かされてしまうという直感が、潤に肯定させた。

「恥ずかしいことではありませんよ。誰にでも苦手なものはありますから。もちろん、私にもあります」

この男に苦手や弱みがあるとは思えないけど。俺、慰められている？

「嫌ですか？　私の手が気持ち悪ければのけますが」

「嫌でもないし、気持ち悪くもないです…でも…知らない方に触れられているというのは、変な気がします」

意地悪な質問だなと思う。親切そうな人に嫌かと訊かれて嫌だとは言えないし、実際気持ち悪さもないし、でも普通じゃないと思う。

「安心しません？　人の体温って恐怖心を和らげる効果があると何かの本で読んだことがあります。あ、申し遅れましたが……」

男の手が潤から離れる。慣れた手つきで胸元から名刺を取り出すと、潤に差し出した。

「私、黒瀬武史と申します」

固く握りしめていた手を弛め、お守りを膝の上に置き、目の前に出された名刺を受け取った。

「株式会社クロセ、代表取締役……って、えっ？」

社長？　まだ三十そこそこにしか見えないのに。

でも、だからこの変なオーラがあるのだろうか？

普通じゃないとは思ってたけど、社長か。

「怪しいものではございませんので、ご心配なく」

人生経験の少ない潤は社長というだけで、怪しくないという言葉を信じてしまった。

「えっと、社長さんお若いですよね？」

「黒瀬でいいですよ。名前で呼んで下さい。若い部類に入るかどうか判りませんが、今年三十になりました」

思っていた通りの年齢だ。若い。

自分よりはかなり上だけど、社長という肩書きからすれば、若いと思う。

「もう知らない人間じゃないですから、手を」

黒瀬は潤の右手を自分の席に引っ張り、そのまま両手で挟むように握りしめた。

「片手だけ、私に預けておくといい」

「でも、それは……」

「遠慮は無用です。袖振り合うも多生の縁と昔から言うでしょう？」

この男には逆らえない。悪い人じゃなさそうだし、第一安心感を与えてくれているのは事実。

「お言葉に甘えます」

男としてのプライドが～と拘っていた割には、成人男子が男同士で手を繋ぐという行為に抵抗はあっても、それほど疑問を持たなかった。度を越した恐怖心が潤の頭のネジを弛めていた。

ふふ、見るだけから触り続けることに昇格した……楽しいフライトになりそうだ……

完全に黒瀬の思う壺の潤だった。

「少し質問させてもらってもよろしいですか？　えぇっと、何とお呼びしたら……」

「あ、俺名前言ってなかったですよね。市ノ瀬潤です」

「純粋の純、それとも順番の順？」

「潤う潤《うるお》です」

「素敵な名前ですね。名付けられた方のセンスを感じます」

『潤う』だなんて、この花にピッタリじゃないか。文字通り、この手でしっとり艶やかに潤してあげるよ。

「潤は、学生さん？」

何、この人。いきなり呼び捨て？

「呼び捨ては失礼だったかい？」

ムッとしたのが顔に出ていたのかと潤は焦った。

「いえ…潤で構いません。大学の三年です」

「何か原因があるのかな、潤が飛行機が苦手なのには？」

「特別な大きな理由があるわけではないんです。子どもの頃居合わせた空港で、飛行機が離陸直後に墜落する事故があって……よくは覚えてないんですけど、それ以来どうも飛行機というだけで…駄目なんです」

潤がまだ小学二年生の頃の話だ。

当時潤は、母親の彩子と祖母との三人暮らしだった。

仕事で彩子がイギリスに一ヶ月滞在するというので、祖母と潤も国際線のロビーまで見送りに行った。

「彩子ちゃん、行ってらっしゃい。お土産買ってきてね」

彩子は若くして潤を産んだので、自分のことをお母さんと呼ばせなかった。どうもその響きが『もう、君の青春は終わった』と告げているような気がして、自分のことを名前で呼ばせていた。

彩子を見送った後、空港内の眺めの良いレストランに入った。飛行機が次々と離陸して飛び立つのを食事をしながら見ていたのだが、そのとき事故が起こった。地面から機体が離れ、上昇を始めたと思った矢先、突如機体が降下し、滑走路に数回バウンドして止まった。瞬間、機体から白い煙が上がり、中央部から炎が上がった。『墜ちたぞ！』と誰かが叫び、レストラン内が騒然とした。消防車が機体の周辺に集まり消火活動を始めたときには、潤は泣き出していた。

「彩子ちゃんが、死んじゃうよ！」

祖母の冷静な判断で、直ぐに自宅へと戻った。子どもの目に惨事を晒したくはなかったのだろう。実際、ニュースでしか負傷した人が運ばれる姿を見ていない。しかし、潤は飛行機が墜落する瞬間を見ている。そして、彩子が死んだかもと思ったことで、飛行機と死が潤の中で強く結び付いていていた。

心配していた当の彩子は別の便で、実はすでに飛び立った後だった。

今もそのときのことを鮮明に覚えているかと訊かれたら、答えは『ＮＯ！』だ。

彩子が無事だったことと時間が経ったことで、実際目にした墜落時の惨状も、今では映画の一場面のような記憶でしかない。但し、飛行機イコール墜ちる物イコール死傷イコール恐怖という式がトラウマとなって残っていた。

「それは、特別な理由ですよ。潤が怖いと思うのは当たり前です。それでも今潤は機内にいる。勇気があるんだね」

意気地無しとか臆病とかいう言葉ではなく「勇気」という言葉が返ってきた。

まさかそんな風に言ってもらえるとは思ってなかった。潤の顔がポッと赤くなる。

「褒めすぎです。ただ弱いだけです」

潤がそう言った直後にガクンと機体の高度が下がった。

『ヒィッ』という喉の奥からの悲鳴をあげ、潤が黒瀬の腕にしがみつく。治まっていたと思われた震えが身体の内部から湧き起こる。恐怖に押された潤は、シートの幅広い縁を越え、黒瀬に抱きついた。

「潤、大丈夫ですよ。気流が少し悪かっただけでしょう。これぐらいなら大したことはありません。よくあることです」

機長から説明のアナウンスが入り、機内がざわつくこともなかったが、潤だけは違った。

「私が付いてますから、何の危険もありませんよ。死神から嫌われていますので。私が潤を無事にイギリスまで届けましょう」

子どもの背をさするように黒瀬が潤の背中を撫でる。すると、潤の恐怖心が幾分和らいだ。

柑橘系のフレグランスが鼻孔をくすぐり、潤はハッとなる。

「す、すみません」

自分が何をしていたか理解した潤は、慌てて身体を起こした。

「ほら、手を貸してご覧なさい。私の方が、お守りより効きますよ」

黒瀬の言葉に素直に従い、右手を再度預けた。

「潤はアルコールは大丈夫なのかな？　もう飲んでもいい年だよね」

「飲めます」

「ワインは？」

「好きです」

「じゃあ、飲もう。少しは楽になるんじゃない？　どうせ飲み放題だしね」

手慣れた様子で黒瀬はキャビンアテンダントに銘柄指定でワインを頼んだ。

「白のシャブリにしたけど、良かったかな？」

「よくわからないんで、お任せします」

学生の潤がワインに詳しいはずもなく、白か赤かロゼの違いしか正直分からない。ビジネスクラスに乗っているからといって、どこかの御曹司というわけでもない。よって、好きだと言っても居酒屋で出されるワインの味しか知らなかった。

「さぁ、乾杯しよう。二人の出会いに」

「か、かんぱい」

いつも口にするワインと違い、フルーティで程よい酸味、喉越し柔らかで知らず知らずのうちに潤のピッチがあがる。あっという間に一杯目を空にして、勧められるままに二杯目を口にした。

――黒瀬さんって大人だな。社長っていうだけでも凄い。本来俺が気安く口をきけるような人じゃないのかもしれない。別世界の人間って感じがする……なのに初対面の俺に優しいし……俺、一人っ子だからわからないけど、アニキってこういう感じ？　側にいてくれるだけで頼りになるっていうか、安心するっていうか………

「どう？　落ち着いた？」

アルコールが身体を巡ると、気が大きくなり恐怖心が薄れていく。一方で黒瀬に対する興味が湧いてきた。

「黒瀬さんって、誰にでも優しいんですか」

「ふふ、どうだろう。潤にだけかもしれないよ」

「からかってます？」

「さぁ、どうだろうね」

つかみ所のない黒瀬のペースが余計潤の好奇心をくすぐる。

「ねえ、潤は飛行機嫌いなのにどうしてイギリスに向かっているの？　留学とか？」

「彩子さんが…いえ、母が向こうで結婚するんで、その式に出席するためです」

「イギリスの方と？」

「そうみたいです。俺は相手の顔も知らないんですけど…」

「おめでとう。潤の母君なら、さぞかし美しい人なんだろうね。君がそれだけ可憐なのだから」

今、変な言葉が聞こえたが……聞き間違いか？

「あの、黒瀬さん？　もしかして酔ってます？」

「どうして？　ワイン一杯ぐらいで酔わないけど」

「俺のこと、可憐って言いませんでした？」

「言いました。君は可憐っていう言葉がピッタリだと思うけど」

「あの、失礼ですが……視力が悪いとか？」

「1・2と1・5」

「あの、俺、男ですけど。しかも、どう見ても、その辺にいるような普通のむさい学生です」

黒瀬が潤を舐めるように見て、それから向きを変え、ある男を指さした。

「潤、むさいというのは、ああいう男を指すんですよ」

指された方に目をやると、黒っぽいスーツに身を包み、メガネを掛けた、いかにもビジネスマンですといった風情の男が、熱心にパソコンのキーボードを叩いていた。

「クールでかっこいいじゃないですか。お知り合いですか？」

見ず知らずの他人を捕まえて指さしたりしないだろう。

「ショックだな。潤はあれが格好いいの？」

黒瀬の落胆があまりに大きかったので、潤は慌ててフォローした。

「黒瀬さんの方が数段素敵ですけど……」

黒瀬の中で時枝に対する殺意が芽生えたが、潤の言葉で即座にそれは打ち消された。

「潤にそう言われると嬉しいな。お世辞でも社交辞令でも嬉しい」

にんまりと機嫌良く微笑む黒瀬を見て、案外子どもっぽい人かもと潤は思った。

「お世辞じゃないです。あの人は普通に格好いい部類だと思いますが、黒瀬さんはなんか違う。特別な感じがします」

言っておいて、恥ずかしくなる。

俺、何を必死で言ってるんだろう。

「可憐な潤に言われると照れるな」

「だから……俺は可憐じゃ…」

……ない。と言い終わる前にもの凄い睡魔が襲ってきた。

ふわっと気持ちが良くて、そのまま眠りの中に潤は吸い込まれていった。


「ゴホンッ」

「何だ、時枝か。邪魔しにくるなって言っておいたのに」

「邪魔も何も、可哀想に……何《ナニ》飲ませたんですか？　酔いつぶれているだけじゃないでしょう？」

「どうしても、肌を撫でてみたくなったんだ。起きていると、まだ手ぐらいしか許してもらえそうもないし……。寝顔も鑑賞したいし…」

「で、何錠飲ませたのです。ちゃんと起きられる程度でしょうね？　眠剤でしょ？」

「時枝、俺のことバカだと思ってる？　その辺は計算済み。但しアルコールと一緒だったので、水よりは効き目大かもね」

あぁこの人は。もしヒースローに着いても起きなかったらどうするつもりなんだ？

「はあっ」と、深い溜息が漏れる。さっきまで耳に届いていた二人の声が急に止んだので、様子を窺いに来てみればこれだ。

「幸せが逃げるよ、時枝」

「そうですね。その分あなたは幸せそうですが……お邪魔しました。もう戻ります。くれぐれも機内で愚かな行動は慎んで下さい。あ、それから、指さすのは止めて下さい。気が付いてましたよ」

「そうそう、潤がお前を見てクールで格好いいと評したんで思わずお前を殺したくなった。でも俺の方がもっと素敵らしいので、見逃してあげるよ」

そんな理由で殺されてたまるか！　と鼻息荒く叫びたいところをグッと我慢して「失礼します」と、時枝は静かに席に戻った。

食後のデザートはこの花かな……、と黒瀬は寝ている潤を鑑賞しながら食事をとっていた。

自分のことがまるで分かってない人間もいるものだと、潤の寝顔を見て黒瀬はつくづく思う。

今までに変な虫が付いたことはないのだろうかと、余計な心配までしてしまう。

女顔というわけではないが、透明感のある肌質はその辺の女性よりは遥かに上質だ。捨てられた子犬のような潤んだ瞳に少し茶が入った髪、少し荒れてはいるが桃色の唇、それらは黒瀬に外国の血を思わせた。

ハーフか？

少し話しただけだが、この花には自分が美しい部類の男だという自覚がないようだ。もしかしたら、女の子にもてた経験がないのかもしれない。この花は同世代の女の子の目には眩し過ぎて、憧れはあっても手を出せる対象じゃなかったのかも……と、勝手な想像を黒瀬は巡らせていた。

変な垢が付いてなければいいのだけれど……最初に手折るのはこの俺なのだから……

ワインに睡眠薬を混入されていたとも知らず、潤は飲んでしまった。ワインの味がわかる舌の肥えた大人なら微妙な味の違いに気付いたかもしれないが、潤には到底無理だ。しかも初対面の感じの良い人間がいきなり薬物を仕込むとは、潤じゃなくても想像だにしないだろう。

普通の人間なら、当人の目の前でグラスに薬を混入させることなど不可能だろうが、残念ながら黒瀬は少々普通ではない。目的の為なら手段を選ばない男である。睡眠薬にしても他の薬にしても、自分への使用目的で携帯しているような男ではない。警戒心の薄れた者の飲み物に睡眠薬を仕込むことなど黒瀬には朝飯前だ。

「コーヒーのお代わりはいかがですか」

「いや、結構。それよりも片付けてもらえるかな？」

早々に食事を済ませると、食後のお楽しみを実行に移した。

機内が就寝モードで暗くなるのを待たず、潤に掛けた毛布を隠れ蓑にシャツの下の生肌を直に堪能した。

「…う…ん…」

乳首を弄ってやると、寝息から甘い声が漏れた。

無意識なのに期待以上の反応を示してくれた潤に、黒瀬のお触りタイムが延々と続いたのは言うまでもない。

起きていたら、この花はどんな反応をしてくれるのだろうか…

「潤、そろそろ起きて」

誰かが俺を呼んでいる。煩《うるさ》いな、もう少し眠っていたい。

「潤、起きた方がいいと思いますよ」

身体まで揺らされて……んもう、誰だよ。

「ん、ぅううん」

重い瞼をやっとの思いで開けると、薄暗い空間にいた。

「潤、大丈夫ですか？　分かってます？　あと一時間もしないでヒースローに着きます」

ぼうっとする頭を振り、横を振り向き声の主を確認した。

ドクンッ
心臓が鳴る。それは機内にいることを思い出したからなのか、それとも自分に微笑みかける男の顔を見たからなのか、正直潤には判断できなかった。

「覚えてますか？　黒瀬です。一緒にワインを飲んだでしょ。その後食事もとらずに潤は寝てしまったんですよ。おかげであまり怖い思いはしないで済みましたね。もう直ぐヒースローですから」

「俺……、寝ちゃってたんですね。酒には強い方だと思ってたのに……飲み過ぎたようです」

自分で倒した覚えもないのにシートがフラットになっているのも、毛布が掛けられているのも、きっとこの人がしてくれたんだろう。潤の中で、黒瀬の好感度がまた一つアップした。

「可愛い寝顔を堪能でき、楽しかったです」

「ヤロウの寝顔が可愛いって……」

「可愛いです」

断言されてしまい、反論する言葉を失った。

可憐に続き可愛いって、そんなのありか？

これが黒瀬以外なら只の変人で終わるのだろうが、人の上に立つ彼の感覚は凡人とは違うのかもしれないと、潤は妙に納得してしまった。

「潤、シートを戻さないと。そろそろアナウンスが入ると思います」

黒瀬の言葉通り乗務員から着席とシートベルト着用の指示が出された。

離陸時も死ぬ思いだったが、着陸も同様に恐怖心を煽る。一番事故の多いのが離発着時だと、潤は思っている。

旅慣れた人なら、飛行機が着陸することも旅の楽しみの一つだろう。特に外国の場合、窓から見える景色が雲海から陸地に変わってくると、異国の土地への期待で胸が躍るものだ。

ヒースローは地上の空港なので、高度が下がるにつれロンドンの街並みが眼下に迫ってくるような印象を受ける。煉瓦や石の建物が絵画のように出迎えてくれる。夜に着く便なら夜景の美しさに目を奪われる。

もちろん、潤にその余裕はない。

初めての外国、初めての土地、それが一人旅であっても、潤に何の気負いもなかった。だが飛行機だけはどうしようもなかった。

機体の高度が下がる度に、忘れていた震えが潤を襲う。

黒瀬に促されたわけでもないのに、黒瀬の手を求めてしまった。黒瀬の手から伝わる体温に縋るように、自分から力を込めて握った。

「潤、大丈夫ですよ。私は死神から嫌われていると言ったでしょう？　無事に着くから」

子どもをあやすような黒瀬の言葉も、遠くに感じる。彼の手の温もりだけは、少しの安心を潤に与えてくれた。最悪なことに、離陸時より恐怖心が強い。少しの安心では足りないのだ。

「じゃあ、私が潤に魔法をかけてあげます。気持ち良くて、怖さも吹っ飛ぶ魔法を」

その声がやけに楽しそうだったことに、潤が気付かなかったのは言うまでもない。

黒瀬が潤のシートベルトの上から毛布を掛ける。そして潤の伸ばした手を自分の上腕部に移動させると、自分の手を潤の毛布の下へ潜らせた。

「本来、私は右利きなんですが、左でも問題ないと思います」

言うが早いか指先の動きが早いか、黒瀬は毛布の下で素早く潤のファスナーを探るとあっという間に下ろした。

え？

一瞬潤の思考が止まった。

ハッと我に返ったときには、黒瀬の器用な指先が、潤の恐怖で縮み上がった性器に絡んでいた。

「なっ、にをするんですかっ！」

いくら着陸への恐怖で余裕がなかった潤でも、驚きのあまり正常な反応になる。

「シッ。他の乗客に気付かれますよ。もちろん、ナニをするんです。わかるでしょ？」

わかるはずない！

身を捩って黒瀬の手から逃れようとしても、腰はシートベルトで固定されているので無理だった。自分の手で黒瀬の手を払えば済むという単純な逃げ道を、動転してしまった潤は思いつきもしなかった。それどころか、黒瀬の上腕部に置かれた手に力が入っていた。

「気持ち良くないですか？　神経をココに集中して下さい。着陸時に達《い》かせてあげます」

既に潤の性器はジーンズから出されており、黒瀬の掌《てのひら》が全体を握っていた。潤の敏感な先端を親指で弄りながら、ゆるゆると全体を扱き始めた。

「や、やめろっ……ん」

「大きくなってきましたね。ヌルヌルも出てきて。感じてるでしょ？」

感じるなという方が無理な話だ。自分でするより、黒瀬の手は潤から快感を引き出すのだ。

「っねがいだから…止めて」

飛行機が急降下し始めた。それに合わせるかの如く、黒瀬の手の動きは速さを増す。

確かに、着陸が怖いとかどうとか考えている余裕は無くなった。中心部から湧き上がる快感を、潤は抑えようと必死だった。

「…ん、もぅ・どけろっ。はぅ…はっ・はっ・あ…」

秒読み段階まできていることがわかる。射精だけは絶対避けたいと下半身に力が入るが、逆効果だった。こんな場所ではマズイと思えば思うほど余計に自分を煽ってしまう。声を抑えたくてもハッハッと息と共に喉奥から出てしまう。トドメを刺したいのか、射精を促すようにシュシュッと黒瀬の手にリズムが加わる。

「潤、さぁ、到着です。飛行機もあなたも」

「っ…」

ド・ドンッという機体からの衝撃と同時に潤は毛布の中で射精してしまった。

羞恥と開放感が入り混じり呆然として固まったままの潤を尻目に、黒瀬は自分のハンカチで潤の性器を拭き、それを彼の下着の中に納め、ジーンズのファスナーを上げた。それから自分のコロンを毛布の中で一振りし、精液の付着した面を内側にして毛布を丸めた。

「大丈夫です。服には飛び散ってないし、匂いも残ってませんから。この毛布が、気になるといけないので、私が機内からこっそり持ち出しておきます」

既に機体は静止しており、乗客を空港内へ案内するアナウンスも流れていた。

乗客は各々降りる準備を始めている。

「社長、行きましょう。荷物お持ちしました」

黒瀬の元に時枝が二人分の手荷物を抱えやってきた。潤に同情を感じながらも、そのことには一切触れず、秘書としての顔だけで黒瀬を促した。

ああこれ、と黒瀬は時枝に潤が汚した毛布を渡すと、当然のことのようにそれを時枝は預かった。

「潤、もう私は行くよ。楽しい時をありがとう。また機会があったら」

チュッと、まだ座席で固まっている潤の手の甲に口唇を落とすと、黒瀬はそのまま時枝と去っていった。

『見つけた！』

黒瀬武史は秘書の時枝勝貴と入国審査を待つ列に並んでいた。

同じ時刻に到着した便が多かったのか、第三ターミナルのイミグレーションはごった返していた。

『逃がすものか！』

そんな中を一人の青年が標的に向かって猛進している。列に割り込む気はないらしい。隙間を縫って周囲には「すみません」と日本語と英語で気遣いながら、その脚は確実に標的との距離を縮めていた。

皆、何事かと興味津々でその様子を窺っている。

「あの」

青年の声に気付かないのか、まさか自分が呼ばれていると思ってないのか、標的は青年の呼びかけに振り向こうとはしない。

「あのう！　黒瀬さんっ」

やっと、自分が呼ばれたことに気付いたのか、黒瀬が振り返った。

「あれ、潤じゃないですか。どうしました？」

「御礼が言いたくて……」

「御礼？」

「黒瀬さん、機内ではお世話になりました。ありがとうございました」

市ノ瀬潤は深々と頭を下げた。

「あと…」

倒していた身体を元に戻し、目に力を入れて黒瀬を睨み付けるなり、

「てめぇ、あんなことしやがって！　ゆるさねぇっ」

言うが早いか手が早いか…

潤の右手がビシッと、黒瀬の左頬に飛んだ。

「じゃあな」

時枝を含め固唾を呑んで見ていた周囲には目もくれず、入国審査待ちの最後尾へと潤は向かった。

「社長、大丈夫ですか？」

左頬を押さえ微動だにしない黒瀬に、時枝が恐る恐る声を掛ける。

一連の様子を見ていた周りの人間は、揉め事に係わりたくないのか、何事もなかったように一同に無視を決めていた。

黒瀬は瞬きするのを忘れて、潤がついさっきまでいた場所を見つめている。

時枝でも潤の取った行動に、かなり驚いた。痴話ゲンカよろしく黒瀬に手をあげた人間を見たことがない。黒瀬の受けたショックは相当のものだと想像がつく。

「うふっ。うふふ…くっ……」

壊れた？

固まっていた黒瀬の口元が綻び、気味の悪い笑みが漏れる。

「ふっ、いいねぇ～。潤は最高じゃない？　時枝もそう思うだろ？　ふふ、あの雄花は可憐で、震え怯えるだけでなく、野に咲くべくして、それに耐えうる強さもあるようだ。地上では別の潤が楽しめそうだ」

「あの、社長？」

地上ではって、仕事があるだろっ。

時枝の心の叫びは届くはずもなく……

「時枝、どうしよう…あの花に惚れてしまったかもしれない」

「わかりました。仕事して下さい」

「つれないな、お前は。はい、これあげる」

手渡されたものはメモだった。潤の日本での住所や、イギリスでの滞在先や大まかな日程が記されている。

「これ…」

「寝ている間にちょっとね」

さすが、クロセの代表をこの若さで務めるだけのことはある。

必要な情報はどんな手を使っても入手する。意識のない人間の持ち物を漁ることに良心なんて咎めやしない。それは時枝も同じだった。だが時枝の場合、それが仕事でのみ発揮される。そこが黒瀬とは大きく違っていた。

「もう少し調べておけ、ということでしょうか？　それとも次に会うためのセッティングをしろということでしょうか？」

「もちろん、両方だ」

尋ねた自分がバカだった。

「で、例の件は？」

「先程携帯に電源を入れてみたところ、もう既に相手先からメールが三件届いていました。こちらも急がないと」

「わかった。早急に片付けよう」

仕事は忘れてなかったのか、と時枝はホッとした。

仕事さえちゃんとしてくれるなら、大抵のことは目を瞑ろう。あの青年の存在が、この男にやる気と安らぎをもたらすのなら、この際、あの青年には犠牲になってもらうしかないと、己の良心に完全に蓋をした。

潤達の乗った便は夕方に着いた。

かろうじて外は薄暗かったが、そこから入国手続きや荷物の受け取りに時間が掛かったので、宿泊予定のパディントンに着いた頃には、すっかり日も暮れていた。

イギリスの大手旅行代理店で働いている彩子の手配で、移動用にブリットレイルパスを潤は持っていた。飛行機のチケットもそうだが、日本の代理店経由で手元に届いた。このレイルパスは旅行者用なので、イギリス国内では購入できない。

レイルパスは一等ではなく二等だったが、それでも八日間のユース価格で三万以上はする。イギリス国内の鉄道に乗り放題なので、使う頻度が多ければ多いほど得する計算だが、頻度が低ければ普通のチケットをその都度購入した方が結果安い。

空港からパディントンへは、地下鉄、バス、ヒースローエクスプレス、タクシーの選択肢があるが、当然潤はレイルパスでヒースローエクスプレスに乗り込んだ。空港から一五分、あっという間にパディントンベアで有名なパディントン駅に着いた。

へえ、ここがパディントン駅か。

アガサ・クリスティの小説にも出てたよな……興奮する。

潤が苦手なのは飛行機だけであって、初めての外国は見るもの全てが新鮮だった。

彩子に子どもの頃から理由も聞かされず強制的に英語だけは習わされていたので、ぺらぺらとまではいかなくても、ある程度の会話力はある。普段はどちらかというと米語なのだが、イギリス英語が全然駄目なわけでもなく、旅行程度なら問題はない。

子どもの頃は嫌々やらされていた英語も、こうして英語抜きだと不安であろう場所に立てば、かじってて良かったと思う。

——あるとは聞いていたけど…マジあった！

駅構内で回転寿司を見つけると、迷わずテイクアウト用のパック詰めを買い、地図を頼りにホテルに向かった。パディントン駅の周辺には比較的安いホテルが沢山建ち並んでいる。その中の一つが今夜の宿だ。

腹減った……俺、日本出てから、何も食ってないんだ…そりゃ、減るわ。

空腹と戦いながら、予約していたホテルを探しだす。辿り着いたホテルはいわゆるB&B（ベッド&朝食）だ。

チェックインを済ませ部屋に入るなり、テイクアウトの寿司を頬張り、日本茶代わりに部屋に置いてあった紅茶を飲んだ。胃袋が満たされると身体が急に重くなり、そのままベッドに背中からダイブした。

だいたい、あいつが俺をこんなに疲れさせたんだ！　と、ベッドの中に沈むなり、黒瀬に対する憤りが湧いてきた。空港で黒瀬を加減なしで叩いたときはスッキリし、「忘れよう！」と思った潤だったが、そう簡単に忘れられる出来事ではなかったらしい。

素敵な人だと思ってたのに、あんなコトをあんな場所でするなんて……変態だ……どうして、あいつの顔が頭から離れられないんだ……ろ……

散々機内でも寝ていた潤だったが、尋常でないことを体験した潤の身体は、早々と休眠することを決めたらしい。


翌日、潤はカーディフ行きの列車の中にいた。

彩子とその結婚相手が、現在住んでいるのがウェールズ地方の都市、カーディフだ。城やスタディアムがあり、またウェールズ特有の工芸品などで、最近ちょっとした観光ブームが起きている。日本人観光客はまだ少ないが、イギリス国内やヨーロッパからの観光客は多く、彩子の勤める旅行代理店でも支店を構えている。

緑ばっかりの風景が続く。

初めは絵本のような景色に目を奪われていたが、いい加減飽きてきた。

綺麗に刈られた丘陵に羊が点々と散っている。

人間はどこに住んでいるのだ？　と思わせるぐらい、街並みが現れない。

ぼうっと、窓の向こう側に広がる風景に目をやりながら、久しぶりに会う彩子のことが頭に浮かぶ。どちらかと言えば、その結婚相手のことが気になっていた。

普段あまり電話もメールもないのに、突然『私、結婚するから。初めての結婚だから、何が何でも式に出てよ』と、飛行機嫌いの潤を強引にイギリスに呼び寄せた張本人は、相手についてほとんど潤に話してない。

『初めての結婚』って、やはり俺って私生児だったのか…と、彩子が結婚するってことよりも、自分の出生の一片がはっきりしたことが潤にはショックだった。

子どもの頃、彩子や祖母に父親について尋ねても「うちにはいないの」としか教えてくれなかった。離婚したのか死別したのか尋ねると、悲しそうな顔を浮かべる大人にそれ以上「ねえ、どうして?」と、訊くことはできなかった。普通の親なら子どもが傷つかないよう嘘で固めるのだろうけど、彩子はそういうタイプの人間ではないので、真実を話さないかわりに、子どもだましの嘘をつくこともなかった。

——どんなヤツだろうな…

彩子がどんな男を選んだのか興味があるのと同時に、もし自分が好きになれないタイプだったらどうしようと、不安になってきた。今まで、彩子が誰かと付き合ったということはなかったと思う。母親に彼氏ができるっていうのも、息子としては面白くないものだが、それがいきなり結婚相手だ。

俺って、まさかマザコン？　なわけないよな？？？

列車がカーディフに近づくにつれ、潤の頭の中は彩子の結婚で埋め尽くされていた。

『あのジャップで間違いないのか？　ここまで来て違ってましたじゃ済まないぞ』

痩せて目つきの悪い男がカーディフ行きの車両の中で、禿げた小太り男に少し苛つきながら念を押す。

『ああ、この画像見てみろ。ヤツだ』

小太りの男がモバイルＰＣを開いてやると、痩せ男の苛つきは治まったようだ。

『エライ若いな。子どもか？』

『東洋人は若く見えるから。まあ、子どもでも問題はない。需要はあるさ』

『おいおい、取引材料じゃなかったのか？』

『さぁな…ボスは気まぐれだから』

それもそうだと、痩せ男は頷いた。

あの坊やがどうなろうと、俺達の知った事じゃない。俺達はただ仕事をするだけだ。

命令されたことだけを忠実にすればいい。

男達は知っていた。自分達が生き抜くために何をすべきか、誰に従うべきかを。

「潤、ここ、ここ」

二年振りに見る彩子は、最後に会ったときよりも若く見えた。四十は過ぎているはずだが、三十代半ばにしか見えない。

日本語でしかも大声で呼ぶので、駅構内の視線が一斉に集まった。

「彩子さん、ちょっと、声でかいよ」

「久しぶりの親子の対面の第一声がソレなわけ？　冷たい子ね」

と、潤は頭を小突かれた。

「でも、……」

自分より十センチ低い彩子に力強くハグされ、

「潤、よく来てくれたわ。長旅ご苦労様」

涙声で彩子に言われると、潤も『会いたかったよ』と、彩子の腕の中で素直に一言漏らした。

「彩子、そろそろ紹介してくれないかな？」

わざとらしくゴホンと咳払いされ、顔を上げると００７シリーズの主役のような英国紳士が立っていた。

こいつ…か？

いけてない男でもむかついたかもしれないが、母親の相手が自分より上だと思える男というのも嫌なものだ。

「潤、こちらがフィアンセのジェフで、あなたの父親よ」

「彩子さん、まだ早いよ。そりゃ、彩子さんの旦那になる人だから俺の父親になるってことはわかるけど」

半笑いしながら、突然押しつけられた『父親』を拒絶してみた。もう、父親が欲しい年でもない。

「逆よ、潤。父親が先なの」

「え？」

「ジェフはね、あなたの遺伝子学的本物の父親なの。ジェフはあなたと正真正銘の血の繋がった父親なんだけど」

何を言ってるんだ？

彩子がいつも突然なのには慣れているけど、今回ばかりは潤に衝撃をもたらした。

横では、日本語で交わされた二人の会話を推測してか、ジェフが不安げに潤を見ている。

彩子がこんな駅構内でそこまで具体的に紹介するとは彼も思ってなかったのだろう。

「ま、詳しい話は後でね。食事に行きましょ」

混乱している潤のことなどお構いなしだ。

彩子！　どういう事だっ！！　今聞かせろ！！！

内心で叫んでいた潤だったが、知りたかった真実がこんな場所で簡単に暴露されるのも耐えられそうもなく、彩子のペースに乗ってしまった。

「私達、恋人同士に見えるんじゃない？　ジェフは娘が心配で付いてきた父親ってとこかしら」

隣で楽しそうに歩く彩子に、潤は心ここにあらずで相づちだけを打っていた。潤の意識は自分の背後を歩く男に注がれていた。二十一年間存在してなかった父親が、突然現れたのだ。しかも日本人じゃなかった。

何故、俺が生まれるときに結婚しなかったんだろう。

何故、急に結婚ってなったんだ？

だいたい、父親が生きているなら生きているで、教えてくれても良かったんじゃないか？

別に犯罪者だったという風でもないし……わけわかんねぇ。

連れて行かれたのは大通りから一本裏に入った路地裏にあるイタリアンレストランだった。予約していたようで、奥の静かな席に通された。

彩子とジェフがオーダーしてくれた皿はとても美味だったが、あまり喉を通らなかった。潤の目の前に二人揃っているのだ。母親だけじゃなくて、両親が揃ってだ。

会話を楽しむ余裕はなかったが、彩子は食事の間中、あれこれ大学生活のことや、飛行機は大丈夫だったかと、話を振ってきた。ジェフも当たり障りないこと——普段の生活や、初めてのイギリスの感想などを潤に尋ねてくるので、愛想笑いを浮かべてそれらに付き合った。

「さぁ、何から話しましょうか？　潤、気になってるでしょう」

一通り食事を終え、ドルチェの段階で彩子がやっと切り出した。

「彩子さん、昔からジェフが好きだったの？　ジェフには奥さんがいて一緒になれなかったとか？　——不倫…？　だから結婚しないで俺産んだの？」

潤は思いつく可能性を彩子にぶつけてみた。

「潤、勘が鋭いわ。でも残念ながら、合っているのは不倫ってことぐらいかしら。ジェフの結婚相手と恋愛してたの。不倫って言葉を使うなら、ジェフの奥さんと不倫してたってことかな」

俺は日本人で日本語は理解できると思っていたが……彩子の言ってることが飲み込めない。

「ジェフの奥さんって…、男だったのか？」

潤は自分がバカなことを言っていると思いながらも、尋ねずにはいられなかった。

「最近の日本では男の人でも奥さんって使うの？　違うわよ。女性に決まってるじゃない」

突然父親が現れたと思ったら、今度は母親が実は同性愛者だったとは。

偏見があるわけではない、決して違う……でも……

『あ、そう』で簡単に納得できる範疇のことではなかった。

でもそれなら何故ジェフが父親なんだと、益々潤の不審は深まった。

いわば、恋敵だったわけじゃないか。何で恋人の旦那と、そのなんというか、コトに及んだんだ？

「彩子さん……どうしてジェフが俺の父親になったんだ？　ジェフじゃなくてジェフの奥さんが好きだったたってことだろ？　変じゃないか。あれ？　今度結婚する相手がジェフってことは、ジェフも好きだったたってこと？　んあぁあマジ混乱してきた」

綾取りの糸が絡んでどこから解いていいのか分からないときのように、潤の頭はぐちゃぐちゃだった。

「当時はアンしか、彼女しか愛してなかったわよ。もちろん、今はジェフを愛してるけど」

潤の前で、恥ずかしげもなく彩子はジェフに軽くキスをした。そして、話を続けた。

彩子の話を要約すると、こうだ。

二十歳の彩子は短大を卒業すると同時に留学のため渡英。

そのときホームステイしていた家庭がジェフとアンの家だった。アンは彩子より二つ年上で、ジェフは更にその十歳上だった。

その当時ジェフは会社を興したばかりで仕事に忙しく、家を空けることが多かった。彩子とアンは二人だけの時間が多くなり、姉妹のように気が合っていた二人はそのうち恋愛関係になる。二人の関係にジェフは気付いていたが、自分がアンに寂しい思いをさせていた負い目から見て見ぬフリをしていた。しかし、三人はその関係について正面から向き合わざるを得ない状況となる。病魔がアンを襲ったのだ。体調の変化に気付き彼女が病院へ行ったときには既に胃ガンの末期だった。

余命三ヶ月と告げられた彼女が二人を前にしてとんでもないことを言いだした。愛の結晶を残したいと。彩子に彩子と彼女の子として、ジェフの子を産んでもらいたいと言いだしたのだ。そして、ジェフにはその子はジェフとアン自身の子でもあると伝えた。自分が愛した二人の遺伝子を受け継ぐ子を残したいというのだ。その子の顔を見ることはできないだろうけども、最後にその小さな命をもたらすことが自分の最後の使命だと思うと、彩子とジェフに告げた。そして、ジェフが精子を提供し、彩子が無事妊娠したことが分かると、アンはそれを待っていたかのように、息を引き取った。

それから彩子はジェフの元で潤を出産、帰国となった。

その後、二年前にジェフと再会するまでは、一度も彼とは会っておらず、潤の成長の報告だけしていたらしい。

「まあ、複雑だと思うけど、愛されて生まれてきたことは確かだし、今も愛してるわよ。あなたの知らないアンもあなたを見守ってるわ」

傍らでジェフが小さく『僕もだよ』と呟いた。


『おめでとう！』

親しい友人や親戚、仕事関係者だけの小さなパーティと聞いていたが、飛び入りのゲストもかなりいて、人、人、人で彩子とジェフの結婚パーティ会場は埋め尽くされていた。

昨夜、彩子から告げられた衝撃の事実を一晩掛けて潤なりに消化した。

どういった経由で自分が誕生したにせよ、愛されて育ったことは事実で、突然出現した父親は、嫌味なぐらいイイ男だし、特に問題もないような気がする。

俺、ハーフだったんだ……

別に彫りが深い顔しているわけでもないし目は黒いし、多少髪が明るいぐらいでジェフにも似てないと思うけど…

教会での式は厳《おごそ》かで、シンプルなウエディングドレスに身を包んだ彩子はお世辞抜きで美しかった。

式で二人並んだ姿を見ながら、ある意味できちゃった結婚みたいなものだよな、と潤は思った。

実は昨夜、潤誕生秘話よりも、その後続いた彩子とジェフの再会恋愛発展編の方が長かったのだ。以前の恋敵《こいがたき》が結ばれるまでを延々と惚気《のろけ》られた。

でも、かなり違うできちゃった婚だ…

恋愛↓妊娠↓結婚が普通だとすると、妊娠・出産↓恋愛↓結婚だものな、この二人の場合。

彩子さんの場合それもアリだな、と潤は妙に納得していた。

いつかは俺も、あの二人みたいにバージンロード歩く日が来るんだろうな……どんな花嫁なんだろう……

と自分の結婚式の模様を想像していたら、にっこり微笑む花婿の顔が出てきた。こともあろうに花嫁が自分。見覚えのある花婿の顔に慌てて潤は頭を振った。

その顔は……空港で潤が引っぱたいた顔だった。

紫のオーラの男…黒瀬武史。

驚くのは、その男を愛おしそうに見つめ寄り添う花嫁姿の自分の姿。

……俺、やっぱり昨日の話がショックだったのか？

妄想にしても酷すぎると、潤は落ち込んだ。

式の後、パーティ会場となっていたジェフの家の庭園に移ったのだが…民家じゃないだろ！と思わせる広さと人の多さで、主役の二人を潤は見失った。

「潤、ここにいたの。これあげる」

彩子が不意に現れ、小さな木彫りのスプーンに鎖を通したものを潤に渡した。

「何これ?」

「ラブスプーン。この地方の愛を伝えるアイテムよ。ミニサイズがあったから、鎖を通してもらったの。潤に好きな人ができたとき渡せばいいと思って。まあ、引き出物というか、花嫁の投げるブーケの代わりというか、潤にも素敵な恋が訪れますようにと、親心?」

「彩子さんに俺、恋人の心配されてる?」

「わかった? 自分の息子が恋の一つも経験ないんじゃ、ちょっとね。私も自由に生きてきたから、潤も自由に生きてほしいんだけど。どんな人と一緒になっても反対はしないから。恋愛だけでなく全てにおいて、潤が選んで決めたことは応援するわ。金銭的なこと以外でね」

貸してと、潤の手に渡したスプーンをとると、彩子はそれを潤の首に着けた。

「ありがと」

「適当なところで切り上げていいわよ。またしばらく会えないと思うけど、元気でね。私達も途中で抜け出して新婚旅行に出るから」

「えっ? 客を放っておくのか?」

「誰も気付かないんじゃない? 気付いたとしても面白そうじゃない? じゃあね」

じゃあねって、俺も放っていかれるのか？

潤の元から歩き出した彩子が振り向いた。

「ちゃんと、駄々こねないで、飛行機に乗るのよ。乗らないと日本には帰れないわよ」

言うだけ言って、彩子は消えていった。


「花嫁のお身内の方ですか？」

早々と、パーティ会場を出て駅へと歩いていた潤に、背の低い中年男が訛りのある英語で声を掛けてきた。

「えっと……」

「私もパーティに出席してました」

「あぁ、ありがとうございました。花嫁の息子です」

「日本の方のようなので親戚かと思っていたら息子さんでしたか。駅ですか？」

男は駅の方角を指さした。

「はい、ロンドンに戻ります」

「奇遇ですね。私もロンドンからです。ただこの時間だと、あと一時間は電車ないですよ。一杯付き合いませんか？　いいパブ知ってます」

胡散臭い感じはしたが、断る理由もないなと、潤は付き合うことにした。一時間も駅のカフェで一人過ごすよりは、誰かと話していた方が楽しいかもしれないと潤は思ったのだ。

「さぁ、奥の静かなところに行きましょう。あなた、ここでは注目の的のようです」

パブに着くと男が潤を階段下の比較的人が少ないエリアに案内した。円形のテーブルに椅子はなく、立ち飲みらしい。確かに皆が潤をチラチラ見ている。東洋人が珍しいのだろう。自分でもちょっと浮いているなと感じた。

「ギネスでよろしいですか？　他に何か飲みたい銘柄はありますか？」

イギリスのパブで取り扱っているビールの種類には詳しくないので、勧められるままにギネスにした。男が「買ってきます」とテーブルを離れカウンターへ向かった。

『あの…』

テーブルに残された潤に変な日本語で声を掛けてきた男が一人。頬が痩けて、目つきが悪い。

『くろせさん…恋人…こっち』

くろせって黒瀬？　と男の発した下手くそな日本語を理解しようとしていたら、腕を掴まれ、強引に裏口だと思われる人気《ひとけ》のない場所に連れて行かれた。

「何すんだよっ。放せ！」

掴まれた腕を振りほどいた。

しかし男はひるむことなく静かに胸から小型拳銃を出すと、潤の背に突きつけた。

「ミスター黒瀬を知っているよな」

今度は英語で訊いてきた。

「それがどうしたっ。一度会っただけだ！」

俺は映画の主人公にでもなった夢でも見てるのか？

まだ飲んでもないのに？

拳銃？　本物？？？

口だけは強気だったが、潤の脚はガクガク震えていた。

「ふうん、ま、そういうことにしといてやる。怨むなら黒瀬を怨みな」

「つぅ、く…」

男が引き金を引くことはなかったが、銃の柄で後頭部を殴られ、そのまま意識を失った。


んっ、ここ…は…、どこ……だ…

明かりのない部屋だ。窓もない。

俺はどうしたんだ？

朦朧として頭痛の伴う頭を振りながら、自分の置かれている状況を把握しようと市ノ瀬潤は努めた。

広さは日本家屋でいうところの四畳半ぐらいだろう。目が暗闇に慣れてくると、石壁の部屋だということがわかる。

地下室？

薄い敷物があるものの、石の冷たさが伝わってくる。外気も冷たく、ブルッと震えが起きる。寒さでやっと意識が正常になった。

んっ？　着てない！　素っ裸だ。下着一枚身につけてない。しかも……なんてこった。

脳の覚醒と直接的な皮膚感覚で、潤は自分が置かれている状況の異常さを把握した。

服を身にまとってないだけではなくて、左足には枷が嵌められており、動かすとジャラリと重みのある音がした。

これは……拘束、しかも監禁だ。

俺は誘拐されたんだろうか？

通常ではない状況に至った経緯は何だったのかと脳内が忙しく働きだした。

誘拐なら、ジェフ関係だろうか？

彼は富裕層だし……いや、違う！

思い出したぞっ！　あいつだ。

あいつが、絡んでいる！

そうだ、パブであいつの名前を聞かされ、銃を突きつけられ、俺は殴られたんだ。

撃たれなかったんだ……良かった……

良くない！　もうどうなってるんだよう。

そうか、そこからここに連れてこられたのか……ここはまだカーディフなのだろうか……

ギィーと重いドアが開く音と共に薄明かりが差し込んできた。

「気が付いたか」

男が蝋燭を持って入ってきた。ほの暗い蝋燭の灯火で照らされた男の顔は潤の知っているものだった。潤をパブに誘った背の低い中年男だ。

「グルだったのか？　銃を持っていた男は仲間だったんだな」

ふ、と自分の危険認識の甘さに自嘲が漏れる。

「そういうことだ。日本人は見知らぬヤツにホイホイついていくんだな。おかげで手間取らずに済んで助かった」

「俺をどうするつもりだ？　何故こんな目に遭わす？　金目当てか」

全裸を男に晒していることも忘れて、潤は吠えた。

「泣いているかと思ったら、案外元気なボーヤだ。しかも…」

蝋燭を上下に動かし、潤の身体を舐め回すように見て確認すると、

「こりゃ、どっちにしても高額だ。ある意味不幸な身体してるな。可哀想に」

少し同情めいた口調で男は呟いた。

「高額ってどういうことだ？　身代金の額か？　お前ら勘違いしているようだけど、俺は黒瀬とは関係ない。俺を誘拐してもヤツから金は引き出せないぞ！」

「身代金ってわけじゃないと思うが、まあ詳しいことは明日、ボスにでも訊いてくれ」

「ボスって、お前達だけじゃないのか？　ここはどこなんだ？　いつまで俺はこのままなんだ？」

「好奇心旺盛なのは結構だが、長生きしたきゃ、何も知らない方がいい。あとで、別の者に食事と毛布を運ばせる。それまで、ジッと良い子にしてな」

この男は様子を見に来ただけらしい。

話の流れで、主犯格でないこともわかった。組織犯罪なのだろうか？

じゃあな、と男は出て行こうとして、一度振り返って潤に変な忠告を入れた。

「あとで来るヤツから悪戯《イタズラ》されないように気を付けろよ」

何を言ってるんだか分からないが、早く毛布ぐらい掛けてもらわないと凍死しそうだ。

潤は一人残された空間で、重い鎖を引き摺り飛び跳ねたりストレッチを始めた。押し寄せてくる今後への不安と猛烈な寒さが、潤に身体を動かすことを選択させた。

黒瀬…美しい顔の男は実は疫病神だったんじゃないのか…死神に嫌われているとかなんとか言っていたけど、実はヤツが死神だったんじゃ…これがもし誘拐なら、俺の生存確率は何パーあるんだろ……

身体を動かしたことで血流が良くなったのか、不安を煽るようなことばかり、次から次へとよぎる。考えてもしょうがない、考えないようにしようと、激しく動けば動くほど、更に自分を追い詰めそうなことが頭に浮かぶ。

どうせ、殺されるなら、痛みが少ない方がいいな……

こんな目に遭うのと、飛行機が落ちる確率ってどっちが高いんだ?

そう思うとおかしくなってきた。あれだけ飛行機が怖くてブルブル震えていた自分が可愛く思える。

飛行機さえ怖くなければ、黒瀬と口を利くこともなかったんじゃないのか? 俺が震えてたから声を掛けてきたんだったよな。

自分の飛行機恐怖症が事の発端のような気がする。しかも、男からも指摘されたように、知らない人間について行ってしまった自分の甘さ。

これ以上動いていたら、自分を責め、気力さえ失いそうだったので、動くのを止め、唯一の暖である敷物の上に踞《うずくま》った。

寝たら凍死するかな？　と思ったが、潤は膝を抱え込み静かに目を閉じた。

——ん？

「中々可愛いじゃないか」

下半身に異変を感じて、潤は目を開いた。

薄明かりの中、見知らぬ若い男が潤の一物を指でツンツンと突いていた。

『何を！』

咄嗟に出たのは日本語だった。

潤の声で男の指はそこから離れた。

「食事だ。食え」

男は潤に堅そうなパンとぬるそうなスープを載せたトレイを差し出した。

「食べたくない」

潤は食事を拒否した。空腹を感じないわけではないが、口に入れたいような代物ではなかった。

「腹壊しそうだ」

「好きにしろ。食べようが食べまいがお前の自由だ。腹は壊したほうがいいと思うけどな。まぁ好きにしろ」

「腹壊していいことなんかあるか！　第一、ここにはトイレもない」

「お前、もよおしているのか？」

　別に今すぐどうこうというわけではないが、このままずっと閉じこめられていたら、生理的現象は必ず起こる。水分をとったら、腹を壊さなくてもそのうち尿意は起こるだろう。

「出してもいいぜ。何なら手伝ってやろうか？」

　ハハと下品な笑いを伴った男の言葉に、先程この男にされたことと最初に来た中年男が言っていたことを思い出し、ブルッと悪寒が走った。咄嗟に男の目から下半身が隠れるように身体を捩った。

「お前、ゲイか？」

「あぁ同類だよ。慰めてやろうか？」

「俺はゲイじゃない！」

　声を荒らげて否定した。

「まあ、そうムキになるなって。あまり使い込まれてなさそうだけど、彼は丁寧に扱ってるようだ。お前愛されているんだな」

　ふ～ん、と男の手が潤の胸を感触を確かめるように撫でた。

「触るなっ」

「お前、スベスベだな。キスマークの一つもないってことは、ここしばらくご無沙汰なのか」

「勝手に誤解するな。彼って誰のことだ？　――まさか、黒瀬とか言わないだろうな？」

「彼のせいでこんな目に遭ったからって、もう恋人じゃないと言うのか？　案外日本人は情が薄いんだ。冷たい恋人だ。俺はもっと情熱的な方が好みだ」

男は潤が黒瀬の恋人という設定で完結してしまった。

だから！　と反論しようと勢いよく空気を吸い込んだ潤だったが、そこでガクリと肩を落とした。

……無駄だ…こんな下っ端そうな男相手に体力使って誤解だ、違うんだって喚いても空しい。大いなる誤解のもと、俺は此所にいるってことか…ただの知り合いという誤解でこんな目に遭っているわけではないんだ。こいつら、俺を黒瀬の恋人か愛人かなんかと勘違いしてるんだ…

口応えをしなくなった潤の頭をぽんぽんと男が軽く叩いた。

「お前も大変な恋人を持ったな。諦めろ。あとでバケツ持ってきてやるから、トイレはそれを使え。それぐらいで抵抗があるようなら、お前明日から地獄だぞ？　慣れとけ」

今後お前の状況は悲惨だと十分匂わせるようなことを吐き捨て男は去った。気付かなかったが、丸めた毛布が男のいた場所に残されていた。

変態なんだか、意地悪なんだか、優しいんだか…

そういえば、此所に連れてこられてから暴力を振るわれることは一度もない。俺を銃で脅したヤツは例外として、此所に着いてからの二人は揃って同情的な口ぶりだ。

はぁ…それって…

つまり、よほど酷い目に遭わされると言っているようなものだと、潤は自分の明日に希望的観測がゼロであることを悟った。

まさか…黒瀬が…助けてくれるってことは…ないよな……引っぱたいたし…もう知らせが入っているのだろうか？　入っていたとしても…無視するだろう……第一、俺はヤツの大切な恋人じゃない。分からないのはどうしてこんな誤解が生じたんだろう……機内で一緒になっただけの男じゃないか。彼には別に恋人がいて、そいつと間違われたとか？　それならあり得るかも……あんなこと平気でできるヤツだから、男の愛人とか恋人とかいそうだ……誤解で俺の人生、幕を閉じるのか？

潤は毛布にくるまり、明日がこなければいいと祈った。

「おい、寝てるのか。起きろ」

ガチャリと金属音がし、足枷から伸びる鎖を引っ張られた。あの若い男だ。

「してないじゃないか」

男が空のバケツをカランッと蹴った。

潤は毛布を頭まで被り踞っていたが、別に寝ていたわけではない。結局寝ることはできなかった。途中男がバケツを持ってきたことは気付いていたが、毛布の下でその気配が去るのを待った。その後も二回、誰かがドアを開ける鈍い音がしたが、潤は寝たふりを通した。人の気配がする度に、連れ出されるんじゃないかと、ビクビクして眠りにつくことはできなかった。

「起きてんだろ？　ボスが到着した。お前、今から綺麗にされるんだってさ。腕出せ」

男は潤の手に鎖付きの手錠を嵌め、足枷は外した。

「さあ、行くぜ。手荒な真似はしたくないから、暴れんなよ。おっと、その前に」

潤は視界を遮られた。男が布を巻いたのだ。

「できるだけ、余計なものは見ない方がいいし、覚えておかない方がいい」

ふ、同じようなことを中年の男にも言われた。見なきゃ、俺は助かるのか？　そんなこともないくせに……

潤は半ば自棄になっている自分を感じた。

男に引っ張られ、結構歩いた。途中、人とすれ違う気配がしたが、誰も声を掛けてこない。真っ裸で手錠に目隠しで歩いている男を見て、無言でいられるってことは、此所じゃ、珍しいことじゃないってことなんだろう…

俺は何をされるんだ？　拷問？

歩を進めるほど緊張の度合いが高まってきて、口の中がカラカラになる。足取りも重くて、何度も急かされた。

彩子さん…もう会えないかもしれないな…俺の失踪知るのいつだろう…ラブスプーンより厄災よけの方が必要だったんじゃないのか…意味ないか…身ぐるみ剥がされたんじゃ…あのスプーン、どこにやられたんだろう……

最後に彩子から手渡された工芸品のスプーンのペンダントのことが思い出された。潤の身体に着いてたはずだが、それも外されている。彩子の気持ちがこもったものだったのにと、悔やまれる。

「着いたぞ。俺は此所までだ。まあ、頑張れ。生きていたら良いこともあるさ」

どこぞの熱血教師が口にするような気安めを口にし、男は潤を別の誰かに引き渡した。

「こっちだ」

腕を引かれ数歩進んだあと、腰を下ろすよう指示された。

腰掛けると、手錠と目隠しを外された。

ゆっくりと目を開ける。

そこは豪華な造りの奇妙な部屋だった。

ヨーロッパの城の寝室を思わせるような造りの部屋。だが中央に置かれているのは天蓋付きのベッドではなく猫脚の付いた陶器製のバスタブで、その横に便座のようなものもある。

潤が腰を下ろしていた場所が、実はベッドだった。それは病室にあるような簡素なものでシングルベッドよりも幅が狭かった。その横に何故か医療器具らしきものが数点。

中でも目を惹くのが、お笑いのコントに出てきそうな大きな注射器のような物体。針は付いてなさそうだ。液体の入った洗面器も置かれている。

「また会ったたな。意外とイイ身体だ、お前」

背後から声がして振り向くと、パブで潤に拳銃を突きつけた男が立っていた。

「俯せになれ。腕は前に」

逆らうことが賢明だとは思えず、言われたとおりにした。潤が腕を伸ばすと、男が両の手首を押さえつけた。

「俺は…何をされるんだ？」

恐る恐る訊いてみた。

「綺麗にされるんだよ。中も外も」

「中？」

潤をベッドまで連れてきた男が横で何やら作業を進めている。手にゴム手袋をはめ、注射器に洗面器の中身を吸い上げている。

「エネマ」

その英単語の意味が直ぐにわかった。最近の健康ブームで薬局でもよく目にする単語だ。

浣腸じゃないか！

イチジク浣腸なんていう生やさしいものではないってことが想像付く。恐ろしい量の液体が用意されている。注射器のような物体は浣腸器だった。液体を注入されるのも嫌だが、その結果の方が恐ろしい。自分の身体がどういう反応を示すのか判るだけに、受け入れることなど到底できない。

「冗談じゃない！　放せ。おい、放せ！」

身体をくねらせ潤は抵抗を始めた。

「ミスター黒瀬は使わないのか？」

「俺は、ヤツの恋人じゃない！」

「もしかして初めての経験ってやつか。癖になるかもな」

どこからか、もう二人やってきて、潤の脚を強引に割り、一本ずつ押さえつけた。

「暴れるな、手錠や枷は肌に傷が付きやすいからあまり使いたくない。お前の肌に傷があると、俺達が叱られる。大人しくしてろ」

グイッと男達の手に力が入る。

「さあ、用意ができた。始めるぞ」

手袋をした男が浣腸器を潤の孔に押しつけた。先端がブツリと狭い穴に差し込まれた。腰を上下左右に動かし、それを除けようと抵抗したが無理だった。

「嫌だ！　嫌だっ！」

「あきらめの悪い坊やだ」

男が浣腸液の注入を始めた。

『止めてくれ――――！』

日本語の絶叫が部屋中に谺した。


「今回も宜しく頼むよ。ミスター黒瀬、ミスター時枝」

「ええ、ミスターXありがとうございます。今度のダイヤも素晴らしい。依頼主もきっと気に入ると思います。次回も是非、私どもをご指名下さい」

今回の出張は表の仕事のためではなかった。

株式会社クロセは家具の輸入販売・不動産・消費者金融業の三業で構成されている。

しかし、黒瀬と時枝には会社とは別に裏の仕事がある。会社設立以前から盗品美術品・宝石の売買に手を染めていた。そこでの利益はもちろん会社に売り上げ計上されることはなく、依頼主から第三者名義の海外口座に振り込まれる仕組みだ。

「香港のブルーもかなり粘って交渉を仕掛けてきたが、今回も君達の方が条件が良かったからな。ああ、ブルーには気を付けた方がいい。かなり君達に頭にきているようだ。前回の『王妃の涙』の時も先を越されたと悔しがっていたし。ブルーは香港マフィアの中では穏健派に入るかもしれないが、だが油断してはならない。君達日本人ほど彼らは優しくないよ」

香港のブルーというのは、正式には「青龍」と呼ばれている香港マフィアで、資金源の一環として盗品や人身売買にも手を染めている。狙った獲物をことごとく攫っていく黒瀬を煙たがっているのは知っている。ただ、小さな嫌がらせを仕向けてくることがあっても、これといった決定打を仕掛けてこないのは、黒瀬がその上の組織と面識があり、また懇意にしてもらっているからであろう。

そのこと自体も面白くないようだ。

「ご忠告ありがとうございます」

「やつらが直接君達に手を出さなくても、ここには彼らの命令を簡単にきく者もまだ残っているからな。香港が中国に返還されても裏の繋がりは未だ強い。日本人には不利だ。私は君のような賢くて美しい人間が好きだから、長くお付き合いしたいと思っているがね」

「ありがとうございます。私もこれまで以上に親しくさせていただきたいと思っております」

黒瀬がかしずいて男の手にキスをしてやると、ミスターXの顔が一気に緩む。

彼が自分に興味があることは以前から知っている。だから忠告もしてくれるのだ。

ミスターXがすかさず黒瀬を誘おうとしていたが、それを口にすることはできなかった。

「社長、もう行きませんと。書類は全て受け取りました」

時枝が黒瀬を促した。

一瞬の隙を与えたものの、それはあくまでもビジネス上のテクニックで、その効果を計算しつくしている黒瀬と時枝は、それがプライベートに持ち込まれないテクとタイミングも心得ていた。

さっと黒瀬は立ち上がり、男に握手を求めると、

「またお会いできる日を楽しみにしております。日本にお越しの際はご連絡を」

と社交辞令を残し、その場を時枝と離れた。

「時枝、さっきのミスターXの話、どう思う?」

「それなんですが、ちょうど社長達が契約書を交わしているときに、変なメールが一件届いていまして……」

ホテルに向かうタクシーの中で、時枝が自分の携帯に届いた不審なメールを黒瀬に見せた。

「これ、ブルーに関係していると思いますか？　まだ、返信はしていませんが」

「なんだ、この内容は。時枝、一つ訊くが、俺に恋人は今いたかな？　俺の記憶では俺はフリーのはずなんだけど？」

「そうですね。社長には心躍らせる方はいらっしゃっても恋人という立場の方はいません」

「競売参加のお誘いにしては、少々変な内容だね。時枝の意見は？」

「【あなたの恋人が、競り落とされます。是非オークションへお越し下さい】ですから、悪戯とも思えます……一つ気になることが」

時枝の表情が曇った。

一可能性に過ぎないのだが、どうも自分の予測が当たっているような気がしてならない。

時枝の場合、悪い予想ほど嫌と言うほど当たるのだ。

「何だ？」

「社長の雄花が、結婚式のあとから居所が把握できなくなっています。最初の日程外の行動は考えられますが、パディントンのホテルにも戻ってないようですし、カーディフにそのまま滞在している形跡もありません」

頭の回転が速い黒瀬は時枝が何を言わんとしているのか、直ぐに察しがついた。

「考えすぎだよ、時枝。分かっているよね？」

否定をしつつその可能性が大と黒瀬は睨んだ。もちろん、時枝には黒瀬の言葉が裏の意味を含んでいると理解した。『分かっているよね』の意味は、至急潤とこのメールの関係を調べよと時枝に命じているのだ。

時枝が調べるまでもなく、市ノ瀬潤がメールの内容と絡んでいることがその十分後に明らかになった。

「ミスター黒瀬。お手紙が届いております」

年間契約を結んでいるロンドン市内のアパートメントホテルに戻ってくると、黒瀬宛に封書が届いていた。差出人の名は記されてない。

「社長、私が」

黒瀬の手から時枝が封書を取り上げ、開封した。

招待状と書かれた二つ折りのカードとその中に写真が挟まれていた。

「これは……！」

写真を見た時枝が固まった。

「時枝、どうした？　俺にも見せろ」

「社長は見ない方が……」

言い終わらないうちに、黒瀬は時枝の手から写真を奪いとった。

見た瞬間、黒瀬の肩が震えだした。

「私の花を…よくもっ」

写真は白黒で、全裸の市ノ瀬潤が俯せでベッドに横たわっている姿が写っていた。

両手は別々に手錠で繋がれ、脚は四十五度位に力なく開いている。横を向いた顔からは、生気がまるで感じられない。目は開いているのに虚ろで、正気かどうか怪しい表情。開かれた太ももの間には男性性器を模した物が、今まで潤をいたぶっていましたと白状するように置かれている。

写真の下部にはピンクのマジックで『オークションに向け、調教中』と書かれていた。

「社長、とにかく部屋へ」

ぐしゃりと写真を握りしめたままその場から動こうとしない黒瀬を、時枝が引っ張る形で部屋まで連れ帰った。

「水です」

ソファに腰掛けた黒瀬は送り付けられた招待状を凝視している。強い怒りが黒瀬の顔から表情を消し去っていた。時枝が黒瀬の手から招待状を取り上げ、代わりにグラスを握らせた。

「あぁ」

一気に水を飲み干すと、黒瀬の中に冷静さと思考が戻ってきた。

何故、俺の雄花が…潤が……

青龍を甘く見過ぎていたのかもしれない。青龍の息の掛かったやつらの仕業と見て間違いないだろう。

大事に大事に俺がこの手で蕾を開き、開花させてやるはずだったのに、『調教中』とよくもヌケヌケと言ってくれたものだ。

「時枝、金が必要になる。準備しておいてくれ」

「承知しました。ですが社長、これは罠かもしれませんよ。金だけで済むかどうかも。飛行機で一緒になっただけのオモチャのために、ご自身を危険に晒すおつもりですか？」

時枝も余りあるほど心を痛めていた。空港で黒瀬に目を付けられた時から潤には同情していたが、まさかそのせいでこんなことになるとは、思いもよらなかった。黒瀬の遊び相手としての受難が待ち受けているだけだと思っていた。それだけでも、十分気の毒だったというのに。

だが、敢えて時枝は厳しいことを口にした。

これは遊びの範疇ではない。気まぐれで行動されては困る。

潤には可哀想だが、黒瀬の潤に対する気持ちが『遊び』なら、慈善で行動するわけにはいかない。たとえ、それが自分達が原因だとしても。黒瀬と時枝が身を置く世界はそういう非情な世界なのだ。

「時枝、怒るよ？　俺は言ったよね、『惚れてしまったかもしれない』って。訂正するよ。俺はあの花に『惚れている』。そう言えば、時枝にも理解できるよね？」

この男が果たして、人に『惚れる』ということを理解できているのかどうか、時枝には疑問だった。

気に入ったオモチャを取り上げられ、傷つけられたことがショックだったんじゃないのか？しかし先程までの怒りとこの潤に対する執着は本物らしい。

「解りました。私も私情では助けたいと思ってました。では我々であなたの雄花を必ず落札しましょう」

招待状に書かれた日時は明後日。

時枝は早速オークションに向け、資金の調達と開催者の情報収集に向かった。

黒瀬は別ルートで青龍に揺さぶりを掛けるべく、日本と香港に連絡を取り始めた。

「ボス、そろそろ用意させてよろしいですか？」

「どうだい、彼の様子は」

「口を利かなくなりました。一日目は人前での排泄に相当抵抗してましたが。今は抵抗する気力も無いようです。指示通りグリセリン以外の薬は使ってません。本当に黒瀬の恋人ですかねぇ。マジ、未使用って感じだったんですけど。指がやっとですぜ」

「空港で派手な痴話喧嘩を繰り広げてたらしいから、恋人以外あり得ないだろ？　普通の通りすがりの若造が、あのブルーの逆鱗に触れるような男を引っぱたけるか？　きっと機内で黒瀬がフライトアテンダントに色目を使ったとかで、口論していたに違いない。噂に聞く黒瀬はそういう節操のない男だ」

「じゃあ、余程大事に扱ってたんですかねぇ。まさか、黒瀬の方がオンナだったってことは」

「アハハハハ…それはないだろう。しかしブルーの幹部に見られていたとは、黒瀬も災難だったな。しかも、携帯で隠し撮りまでされて」

口では同情しながらも、男は満足そうな笑みを浮かべていた。

あの坊やなら、どちらにしても金になる。出展品として申し分ない。今回ブルーから持ちかけられた話はうちとしたら棚ぼただと、笑いが止まらない。売り上げと謝礼で億の金が動く計算だ。通常だと、せいぜい上玉でも三千万から五千万が相場だ。倍の利益が出る。

ブルーは、黒瀬に嫌がらせができればいいらしい。彼本人に直接手を出すことができない事情があるようだ。

「黒瀬は来ますかね？」

「冷酷な男だという噂もあるからな。来なきゃ、他の客が落札するだけの話だ。例の写真を見て、慌ててるんじゃないか？」

「バイブ添え置きましたから、エロい仕上がりになりましたね～実際まだ指だけですけど」

「坊やが最高に見えるよう念入りに準備しとけ。今日の目玉商品だ。パウダーにはラメ入りを使うように」

黒瀬が来れば、これらも売りつけてやろう、と男は潤が身につけていた持ち物・衣類全てに出品番号を付けた。


「時枝、本当にここで間違いないの？」

ロンドンからレンタカーを飛ばし、指定された場所に辿り着いたのだが……

オックスフォード郊外に黒瀬と時枝は来ていた。もちろん、初めての土地だ。

「間違いありません。ここです。ほら、もうかなりの客が入っているようです」

目の前にあるのは、どう見ても教会だ。かなりの年代物らしく、車のライトに照らされ闇に浮かび上がった建物は、ゴーストハウスのようで気味が悪い。周囲に住居はなく、秘密裏に非合法なことを行うには適していると言えなくもないが……でも教会なのだ。

敷地内のスペースはかなりの数の高級車で埋まっていた。

「これはこれは、ミスター黒瀬。初めまして。お待ちしておりました。ほう、噂通り、美しいお方だ」

建物に入ると、二人を待ちかまえていたように、中年の恰幅のいい赤毛の男が出迎えた。

値踏みをするように、男の視線が黒瀬の身体を上下に滑る。

「今回は、特別に御招待戴きまして、ありがとうございます。かなり多くの方がいらっしゃっているようですが、皆さん懺悔《ざんげ》にいらしているのですか？」

「ミスター黒瀬、ユーモアのセンスがあるようですな。皆さんあなたと同じくお客様ですよ。世界各国から毎回ご参加いただいております」

「それにしても、教会が会場だなんて、良い御趣味ですね」

ニコリと笑顔を向けてやると、黒瀬の嫌味に気付かないのか、男は自慢げに言葉を続けた。

「ここは昔、修道院でした。日本の方には教会も聖堂も全て同じように思えるかもしれませんが、多くの修道士が厳しい戒律の下、生活を送っていた所です。禁欲的な場所で、煩悩を満たす品々のオークション開催に、毎回、皆様かなり興奮されています。どうか、あなた方もお楽しみ下さい。ご満足のいく商品を取り揃えていますので」

それは俺の潤のことを指して言っているんだろうね、このゲスは。

今すぐにでも探し当て、連れ帰りたいというのが本音だが、黒瀬はあくまでも一招待客としての態度で振る舞う。

「楽しませて戴きましょう。そのために来たのですから、ねぇ時枝」

相づちを求める黒瀬の顔を見て、ぞわっと、時枝の背に悪寒が走った。

久方ぶりに見る黒瀬の『氷の微笑』。

映画のタイトルではない。凍てつくような冷たい空気を含んだ微笑。

見た者を凍らせてしまう、美しくて冷酷な笑顔。雪女がいたらその微笑はこんな感じだろうと思う。

この男は今回は騒ぎを起こしはしない。

だが潤を持ち帰った後、きっと復讐は忘れないだろう。

この微笑の後、消えていった人間は数知れない。そういう闇を持つ男なのだ。

「ええ、社長。存分に」

「では、こちらへ」

案内され、黒瀬と時枝はオークションが開かれる部屋へと移動した。

「準備はいいな。ほほう、うん、言うことのない出来だ。これはいい」

ボスと呼ばれている男が、潤の姿に満足そうに笑みを浮かべ、ふんふんと頷いている。

綺麗に洗われた潤の身体には、きつい匂いの香水を振りかけられ、ゴールドラメの入ったパウダーがはたかれていた。両手首には内側にファーの付いた手錠を嵌められ、首には№33と書かれた番号札を留めた革紐が掛けられた。もちろん全裸だ。

もともと色素の薄い乳首には、うっすらとピンクの化粧を施され、年の割には少年っぽさを残す潤の身体からはエロチズムが醸し出されている。

たった二日間ではあったが、他人の手によるエネマと人前での排泄、後孔への指の挿入で、潤の心身は衰弱していた。特に心が、通常の潤では考えられない程、弱くなっていた。

最初のエネマの後、潤は自分がこの後どうなるのか教えられた。

オークションにかけられ、一番高値を付けた客に連れて行かれること。労働者としてではなく、ほとんどが性玩具としてペットのように飼われるということ。具体的に何をされるかも教えられた。だからこれぐらい慣れろと言われた。だが、お前の恋人が一番高値を付ければ、解放されるとも聞かされた。

……黒瀬が自分の為に、そんなことするはずない……

絶望感が潤から気力を奪った。

抵抗して泣き叫ぶことも暴れることも罵倒することも止め、言葉を発することも止め、潤は人形のようになっていた。

準備が終わった潤は、オークション会場のステージ裏で、自分の番が来るのを待っていた。

『次は本日のスペシャル品です。№33』

「行け。お前の番だ」

背中を押され、潤は歩き出した。

「特別なルートで仕入れてきました。まずは御鑑賞下さい」

一段高いステージ上で、潤は中央に立たされた。

足元に円形の赤い織物が敷かれている。そこが立ち位置だと指示された。

その場を取り仕切っているオークショニアとおぼしきタキシードに身を包んだ男が、目配せで他のスタッフに合図をする。室内の照明は落とされ、暗い室内で潤にだけスポットライトが当てられた。

客の視線が瞬時に潤の裸体に集まる。

今までの出品が道具・玩具と続いたので、生身の潤の出現に皆息を呑んだ。

客のお目当てはなんといっても生身の玩具だ。

『ほう…素晴らしい』

客から一斉に感嘆の溜息が漏れた。

「日本の品です。キメの細かいなめらかな肌、手触りも最上級です。ご覧下さい、この顔」

下を向いていた潤の顎をオークショニアが掴み、強引に正面を向かせた。人形のように瞬きをしない潤の顔がライトで浮かび上がった。

『これまた、見事だ』

会場内からどよめきが起こる。

「ここは、まだ綺麗な色をしています」

男の手が小さく首を垂れている潤の性器へと移った。下から上へ持ち上げるように指を添えた。

ご丁寧にもステージ横にはスクリーンが用意されており、大きくその局部だけが映し出された。

ゴクリと唾を飲み込む音が聞こえる。

皆、待ちきれないといった状態で、身を乗り出すようにしてその映像を見ている。

「コレクターの皆様が一番興味のある部分は、このようになっております」

オークショニアの手からスタッフ二人に渡された潤は、今度は後ろを向かされ、上半身を倒された。上半身を倒したまま脚を開かれ、臀部を客に突き出す形になった。潤の左右にスタッフが分かれて立ち、潤の双丘をそれぞれが右と左に開くと、スクリーンいっぱいに潤の桃色の窄みが映し出された。そこはキュッと固く口を閉じていた。

「蕾もこの品同様、慎ましく可憐です。排泄調教済みです。この蕾がどのように開くのか、少しお見せしましょう。例のものをこれへ」

潤の元にトレイが運ばれた。

その上には黒光りのする大小のアナルビーズが二本並べられている。

「では、ご覧いただきましょう」

オークショニアが直々にアナルビーズを手に取った。

潤が暴れないようにと、潤の身体を開いている男達の手に力が入る。だが、その必要はなかった。

潤は一切抵抗を見せなかった。

ただその身体は、羞恥からか恐怖からか、小刻みに震えていた。

（…俺は…物だ……物に感情はない……何も感じない…）

この場に連れてこられる前、人形のように口を閉ざしたときから、それだけを頭の中で唱えていた。そうすることで、脆くなった精神を支えていた。もう、ギリギリだった。

オークショニアが手にしたのは小さい方のアナルビーズだった。

鎖状ではなく、棒に連なったタイプで、黒いビー玉のような玉が連なっている。その先端が潤の窄みに当てられた。

冷たいビーズに潤の身体がビクッと反応する。

その瞬間を狙ったようにオークショニアが最初の玉をぐっと押し込んだ。

「うっ」

心を殺そうと努力しても、身体の神経は殺せない。その感触を味わいたくはないのに、内部に押し込まれた瞬間、潤から小さな呻きが漏れた。

桃色の入口が黒いビーズを飲み込んでヒクついている様子は、あまりに淫猥で美しく、会場からブラボーの声と共にパチパチと拍手まで起こった。

「どうして、潤は抵抗しないんだ?」

それまで黙って一連の流れを見ていた黒瀬が口を開いた。

「あなたに手をあげた時の彼とは別人のようです。薬でしょうか? 可哀想に…人前でこんな目に……。社長、あなたが耐えられますか? 顔、白いですよ」

かろうじて平静を保っているものの、黒瀬からは怒りの冷気が漂っている。

あの青年もだが、この男が保《も》つだろうか?

時枝は黒瀬のことも憂慮していた。

「俺は大丈夫だ。見届ける覚悟は既にしてあるから。だが、後々けじめは付けさせてもらうよ。時枝、わかっているよね」

「止めやしません。けれど、それは帰国後ということで。まずは青年を助け出しましょう。わかっているとは思いますが、やつらの煽りに負けて、騒ぎを起こすような真似だけは謹んで下さい」

「時枝、俺が誰だか分かっている？　俺はそこまで馬鹿ではないよ」

苛立っているのか、黒瀬は後ろで一つに束ねていた髪を振り解いた。

時枝は、その髪の一本一本からも黒瀬の怒りの冷気が放たれている気がして、内心ゾッとした。

「では、皆様、このままの状態で、競売を始めさせていただきます」

潤の中にアナルビーズを埋め込んだまま、オークショニアは自分の定位置に戻った。代わりに潤の左で身体を押さえつけていた男が、空いた手でアナルビーズに触れてきた。

いよいよ競りの始まりということで、場内がシーンと静まりかえった。

「単位はドルで、スタート価格は十万」

日本円換算で一千数百万※からの競り始めとなった。

二十万、三十万、五十万と声が飛び、どんどん値が上がっていく。五十五万で一旦収まりか

※為替レートは執筆時のもの

けたとき、オークショニアがビーズを持った男に目配せをした。合図を受け、男がビーズを更に二つ潤の中に押し込んだ。

「…あっ、う…」

その声に煽られて、更に高値が付いていく。

「七十万、他にいらっしゃいませんか?」

アラブ系の客が七十万の値を付けた。

「七十五万」

様子を窺っていた黒瀬が初めてバドル（番号札）を挙げた。

「七十八万」

負けじとアラブ系が応戦してきた。

「八十万」

「八十二万」

「八十五万」

黒瀬とアラブ系の一騎打ちになってきた。オークショニアが再度目配せした。

「…うぅ、い、やぁ…」

埋め込んだビーズを今度は引っ張り出す。

挿入時よりもおぞましい感覚に、潤の口から初めて拒絶の声が漏れた。

無視し続けていた羞恥と恐怖が潤の中で湧き上がる。

ガクガクと身体が震えだし、左右の男達からなんとか逃れようと、身を捩りだした。

その潤の変化は客達の目にも明らかで、見ている者の加虐心を煽った。

「八十七万」

黒瀬の八十五万で落札が決まると思われたが、潤の変化でアラブ系の男は更に潤に興味を持ったらしい。値を上げてきた。それは、まさにオークショニアの狙い通りだった。他の客が高値を付ければ、それ以上を必ず黒瀬が付けると踏んでいた。

「…いやだ……いやだ…ぃやだぁああっ…」

また一つビーズを抜かれ、直後、潤が大きな声で叫び出した。

日本語での叫びは、他の客には只の叫《わめ》きにしか聞こえないかもしれないが、黒瀬と時枝には、声の大きさと共に潤の壊れていく様が聞き取れた。

「他にいませんか？　では…」

オークショニアがハンマーを打とうとした瞬間、

「百万」

怒気迫る黒瀬の声が会場に響いた。

黒瀬の迫力に押されて、オークショニアの手が止まった。

「百万」

再度、黒瀬がバドルを挙げ価格を口にする。

仕事を思い出したオークショニアがハンマーを振り下ろした。

「ハンマープライス。No.33はそちらの紳士に百万ドルで落札されました」

それは日本円にして、一億を超えていた。

ほう……と周囲から溜息が漏れる。あの商品を手に入れた男は何者だろうと、視線が黒瀬に集まる。

そんな中、黒瀬は急に立ち上がった。

まだ、ステージ上にはアナルビーズの先端を突っ込まれた潤が立っていた。

「時枝、もういいだろう。行くよ」

黒瀬は一人ステージに向かって歩き出した。

「お、お客さま……?」

突然の黒瀬の行動にオークショニアが声を掛ける。

「落札したんだ。もういいでしょ? 悪いけど、これ以外の商品とあとの手順には興味がない。細かい手続きは、あの男がします」

まだ席に座っている時枝を指さすと、黒瀬は潤の側に駆け寄った。

「…おっ…」

お客様、それは困ります、と言いたかったのだろうが、黒瀬の冷ややかな睨みがその言葉を封じ込めた。

「どけっ」

低くドスのきいた声で、黒瀬が潤を押さえつけている男二人を退《ど》かした。

「潤、よく頑張ったね。もう少し我慢して」

…誰…………？

叫び声のあと、嗚咽を漏らし続けていた潤の上半身を黒瀬の手が支えた。

「う、あぁああ…」

まだ潤に繋がっていたアナルビーズを黒瀬は一気に引き抜いた。それで、終わりだというのに、異物が抜かれたあとも潤の声は鳴り響いていた。

「潤、終わったんだよ。潤、私がわかるかい？」

黒瀬が優しく問いかけるが、潤は身を捩って、黒瀬の手から逃れようとする。

「潤、もう終わったんだ」

再度潤に声を投げ、両腕で抱きしめた。

黒瀬の腕の中で、潤がすり抜けようと暴れだす。

――潤は俺がわからないのか？

ビシッと鋭い音が乾いた空気を裂く。黒瀬が潤の頬を打ったのだ。

潤の動きが止まった。

「…く、…ろ…せ…？」

それまでの緊張が一気に解けたのか、潤は掠れた声で呟くと黒瀬の腕の中で気を失った。


「嘘でしょ、社長……」

オークション会場を出た黒瀬の秘書、時枝は、呆然と立ちつくした。

そこにあるはずの車がない。

自分が運転し黒瀬を運んだレンタカーがない。

そしてもちろん、黒瀬と市ノ瀬潤の姿もなかった。

置いていくか、普通？

普通じゃない人間に常識を期待する方が間違いなのか？

秘書として俺、頑張っているよな……

いや、秘書以上の関係だと思っているのは俺一人なのかもしれない……はぁ。

時枝の口からいつもの溜息が、白い息と共に出る。

十二月のイギリスの夜は、かなり冷え込む。

手袋をしてこなかった時枝の手は、寒さでかじかんできた。その手には潤の荷物が一式握られている。

黒瀬がステージ上の潤を抱きかかえ連れ出したとき、その姿があまりに凛々しくて、場内から拍手さえ湧き起こった。その後、オークションは続行されたが、時枝は別室に通された。そこには、黒瀬と時枝を最初に出迎えた中年の恰幅のいい赤毛の男がいて、待ってましたとばかりに、潤の持ち物を買い取るように勧めてきた。

「一応、出品番号を付けさせていただきましたが、他の客が興味を持つとは思えない。是非これも落札ということだと、有り難いのですが」

なんという強欲な男だろう。着ていた服はもちろん、下着、靴下、靴から、鞄の中身まで全てに番号を付けてある。パスポートまである。まとめていくらなら分かるが、その一つ一つに札がついている。

「面倒なので、あの青年とこの荷物一式で百十万ドルでどうでしょう？」

「百二十万で、お願いしたい。ミスター黒瀬の最後の行動は、こういうオークションでは少々マナー違反になります。迷惑料ということでこちらも目を瞑りましょう」

盗人猛々しいとは、こういう男のことを言うんだろう。

勝手に社長の雄花を拉致してオークションにかけ、あげく大金をせしめて更に迷惑料だと？

「分かりました。あとのことは私が一任されていますので、それでいいでしょう。では、小切手をきらせていただきます」

男の目の前に小切手を置くと、潤の荷物をバッグにまとめ、席を立った。

「今後もこんな素敵なオークションが開ければいいですよね。ブルーの幹部の方々にもよろしくお伝え下さい」

「ブルー？　何ですか、それは？」

繋がりがバレてないとでも思っていたのだろうか、男の目が泳いだ。

「ご存じなければ、それはそれで結構です。本当にまた開催できるとよろしいですね」

このオークションを開くことは今後無理だろう、命の保証はどこにもないぞ、と時枝は匂わせていた。

「最後に、グリーンをご存じですか？　うちの黒瀬はグリーンと親交があります。おっと、私としたことが余計なおしゃべりをしてしまいました。では、失礼します」

時枝の言葉に、男が恐怖で震えだした。

グリーンだと⁉

あの、グリーンか？

一体ミスター黒瀬は何者なんだ？

…俺は、――消される…

ちょっと、脅しが過ぎたかなと思いながら、時枝は駐車場に向かって歩き出した。

グリーンとは「緑龍」の通称で、ブルーより上の組織である。残忍さでは香港一と言っても過言ではない。ブルーに係わりがあるなら、きっとグリーンも知っているだろうと口に出したのだが、思ったより効果があったようだ。今回のことは、時枝もかなり腹を立てていた。これぐらいの脅しは、許されるだろう。

――あながち、脅しとも言えないのだが…

あとの処理を全て終え、二人を待たせるわけにはいかないと、時枝が足早に駐車したはずの場所に来てみると――、そこには車一台分の空間があるだけだった。

暗い、冬のオックスフォード郊外、バッグを片手に一人とぼとぼ歩く時枝の姿があった。

その後ろ姿には哀愁が漂い、ジャパニーズビジネスマンの悲哀さえ感じられた。

――うん…

ここはどこだろう。

白い天井が目の前に広がっている。

見慣れぬモダンな部屋。

ベッドの上にいることはわかる。

一体、俺は…

「潤、お早う。お目覚めかい？」

「くろ…せ…さん？」

潤の寝ているベッドに、黒瀬が腰を下ろしている。シャワーを浴びた後なのか、白いバスローブに身を包み、ウエーブがかった長髪がしっとり湿っているのが分かる。

「恋人同士の朝といえば、定番はやっぱり…」

顎をグッと掴まれ、いきなり黒瀬の美しい顔が迫り、潤の唇の上に黒瀬の唇が重なった。

「て、てめぇっ！」

潤が咄嗟に手を振り上げ振り下ろしたが、その手が黒瀬の頬に届くことはなかった。

「潤、人間は学習するものだよ。一度、叩かれたからね。思いっきり」

振り下ろした手を寸前のところで、黒瀬に掴まれたのだ。

「くそっ、何で、キスっ、するんだ！」

「嫌だな、潤。私達は恋人になったんだよ。だから今日はこれから二人で愛を分かち合うことにした」

「寝言は寝て言えっ。だいたい俺は、お前のせいで…ん…。そうだよ、お前のせいで…っ……うっ…あんな目に……」

くそっ、どうして俺はこいつの前で泣かなきゃいけないんだ！

おぞましい記憶が潤の脳裏に焼き付いていた。

きっと生涯忘れることのない、しなくてもよい経験。

忘れようにも、恐怖と屈辱と羞恥が、ベットリと身体に染み付いており、消えない。

あれ、でも…俺はいつここに？

っていうか、何で目の前に黒瀬が？

助けてくれたのか？

……俺、助かったんだ。

――でも、こいつに礼なんて言うもんかっ！

「泣かないで、潤。もう大丈夫だから、さあ、安心して恋人に身体を預けて」

「何だよ、その恋人って！　会うのも二回目じゃないか。だいたい、お前の恋人だと誤解されて俺はあんな目にっ…」

「潤は、私が好きじゃない？」

「好きなわけないだろ！　むしろ、嫌いだ」

「嫌い？」

「だいっ嫌いだ！」

大粒の涙を振りまきながら、潤が叫ぶ。

助けてくれたことには感謝しても、その原因を好きになるはずないだろ、と潤は黒瀬を全否定した。

「そうか、潤は私を恋人にしてくれない気なんだね。だったら…時枝、ちょっと手伝って」

どこに待機していたのか、二人の元に時枝が姿を現した。

時枝にはもちろん見覚えがあった。機内で黒瀬が指さしてた男だ。

飛行機を降りるときも、黒瀬を叩いたときも、ピッタリと黒瀬の側にいた。けれど前に見たときと、少し印象が違う。今日の彼からは疲労の跡が窺える。

「はい、社長。お呼びでしょうか？」

「済まないけど、潤を押さえててくれる？」

「いいんですか？」

「命令だ」

「わかりました。失礼します」

時枝は潤の寝ていたベッドに上がると、背後から潤を羽交い締めにした。

「恋人が嫌なら、私のモノにしてあげる。潤、覚えてないかもしれないけど、私は君を落札したんだよ。百万ドルで私が落としたんだ。まあ、大ッ嫌いな私に落札されるより、他の客に落札された方が潤には良かったんだろうけど」

「社長、お言葉ですが、所持品に別途二十万ドル掛かっております」

合計百二十万ドルって…、それって日本円で億超えているじゃないか！

そんな大金を俺に使ったのか？

「潤、君の花を私が散らせてあげるよ。散ってもまた咲かせばいいだけのことさ」

何をする気だ！　……まさか。

ここ数日の経験から、この体勢の自分に黒瀬が何をしようとしているのか、潤には簡単に予測がついた。

ジリジリと腰を使って後ろへ下がろうとするが、時枝の身体がそれを阻む。

がっちり組み込まれた状態じゃ、逃げようがない。

腰から下はまだ毛布の中にあった。黒瀬がベッドに上がると、その毛布を剥ぎ取る。

…下着、着けてない…

潤は自分が素肌にサイズの合わないシャツだけを羽織っていたことに、今更ながら気が付いた。黒瀬の手が潤の足首を掴み、一気に左右に広げた。その間に黒瀬が身体を進めてくる。

「恋人じゃないから、前戯はいらないよね」

そう言いながら、黒瀬は着ていたバスローブの前を割り、見せつけるように自分の性器を取り出した。

「潤と甘い時間を過ごそうと、ここはもう準備万端だったのに……甘美な時を持たずして使うことになってしまったね」

潤に見せつけるように自分の中心に手を添えて、ゴムを装着し始めた。

「止めてくれ、黒瀬…ねぇ、黒瀬さん。正気じゃないだろ？　冗談だろ？」

クールビューティな顔に似合わないサイズの赤黒いモノが目の前にあった。

物理的に不可能だ。

あの場所でも酷い目に遭ったが、エネマによる腹痛以外、血を伴う痛みはなかった。

「潤、私は常に冷静だけど。冗談で大事な潤を傷つけるつもりはないよ。本気で傷つけてあげるから、心配しないで」

いかれてる！

普通じゃない、この人！

「慣らしてないから、入らないかな？　少し舐めよう。ジェルも用意してたけど、使ってあげない…ふふ……」

潤の身体をグッとエビ状に曲げると、黒瀬が前屈みになり、潤の窄みに舌を這わせた。

「あっ、止め…ぁ」

生暖かい湿った舌が蕾を開かせるように這う。舌の柔らかさと滑りで全身がぞくりと粟立つ。

唾液を塗りつけるように舌を使われ、そこがかなりベトベトに濡れているのがわかる。

「もういいかな。時枝、しっかり押さえつけておいて。潤、暴れると、余計痛いし、傷つくからね」

黒瀬の言葉で時枝の潤を押さえつける腕に力が入る。

「――許さないから…それ以上するなっ！」

黒瀬の先端が潤の孔に当てられた。

「君の許しは必要ない」

潤に対して、初めて冷淡な声を黒瀬があげ、その言葉と同時にグッと潤の中に侵入してきた。

「…ひぃ、あぁー、　あぁあーっ」

潤の悲鳴が室内に轟く。

あまりの痛さに腰が引けるが、それを黒瀬が許さない。ずり上がる腰を黒瀬が引き戻す。十分に慣らしてもいない狭道に、硬く大きな雄芯を無理矢理挿入しようというのだ。耐えられる痛みを超えていた。

ぬるりとした感触が、そこが切れて出血していることを潤に教えた。

「潤、痛いよね。私が与えた痛みだから、忘れないで。…にしても、狭い。…息を吐いて、潤」

息を吐けば楽になれるのかと、言われるままに潤が息を吐いた。

「ぐっ。ぅうっ、いたぁっ」

息を吐いた瞬間に黒瀬が一気に突き上げてきた。

「潤のを触ってあげれば少しは楽になるんだろうけど、今日は駄目だから」

今の一突きで、入口の裂傷も広がったようだ。

「潤の血は興奮させるね。潤の処女喪失の証拠だから、嬉しいよ。これで滑りもよくなるね」

出血の量が増えているのだろう。腿にまで伝っている。

何が、処女喪失だ……馬鹿野郎！

言葉にならない悪態をついたところで、鋭い痛みが消えるわけでもなく、潤は必死で手の先に触れるモノ——時枝の腕を掴んでいた。

「…なぁ、…あんたっ、止《や》めさせてくれよ。馬鹿げて…る…だろ…」

息も絶え絶えに、潤は自分を押さえ込んでいる時枝に懇願した。しかし、時枝は何も言わず、腕を弛めようともしない。頼んでいる潤を見ようともしないで、その視線はただ黒瀬に向けられている。

……こいつも、いかれてる！

「これからが、本番だよ」

黒瀬が腰を使い始めた。突き上げたモノを下げ、また突き上げる。その繰り返しが徐々に速くなる。

「うっ…くっ…うぅ、っ」

黒瀬の雄芯は潤を痛める凶器としては十分だった。痛がっているからといって、手加減を見せない。本気で傷つけると言った言葉に嘘はなかった。

内壁が無理矢理に引き摺れる感触と痛みが、潤を苦しめる。痛いと叫ぶこともできず、喉の奥からうめき声だけが漏れた。歯を食いしばり、必死で耐えるが堪えきれず、目から熱いものが頬を伝わりそれが筋となって胸にも下りてくる。

「潤の涙、綺麗だね…ダイヤみたい…」

胸に伝った涙を黒瀬が指で掬うと、それを自分の口に運んだ。

「本当は、最初にもっと別のものを味わうはずだったのに……でも、涙の味も潤のだと思うと、美味しいね」

その間も動きが止まったわけではなく、ギシギシとベッドを揺らしていた。

黒瀬が動く度に、内部のとある点が擦れて痒いような感覚が生まれた。そこを擦られると、痛みから逃れられるような気がして、無意識に潤は腰を動かしていた。

「潤ったら、駄目だよ。そこは今日は抜きだから」

そこが何なのか分からないが、どうせなら、そこを擦って欲しかった。が、黒瀬はワザとその点を避けるように突いてきた。

「そろそろ、私も終わりにしよう…」

ドンドンドンというリズムが、より一層速くなる。

「あっ、あ、あっ…うっ…あぁぅ――ッ」

入口まで引き抜かれ、そして最奥に一撃をくらった。

快感ではない、痛みだけの悲鳴がまた室内に響いた。

――やっと、おわっ…た…――

薄れゆく意識の中、涙でぼやけた視界の奥に、黒瀬の顔が見えた。

…何故……？

その顔は無表情で、何かを耐えているような哀しい目をしていた。

「社長、御自分が何をしたのか判ってます？」

「レイプ、強姦」

「だったら、別に私がとやかく言うことではありませんが…おかげで私もボロボロです。余程、辛かったのでしょう。見て下さい、この腕。あなたの雄花の爪が食い込んで傷だらけです。まあ、あなたも辛いんでしょうけど」

「とやかく言ってるじゃないか…時枝」

「それは、あなたが行った暴行について、言うことがないと申し上げたまで。ったく、あなたという人は…」

時枝は、潤の太腿にべっとりと貼り付いた血液を丁寧に拭き取りながら、ベッドの端に座り込んで項垂れている黒瀬に、話しかけていた。

「いいんですか？　私がこのまま清拭し続けても？　私が触れても怒らないんですね？　あなたが見事に散らした蕾も私が手当てして薬を塗りますよ？　あとで、見たの、触っただのと、大騒ぎしないで下さいよ」

「嫌だ……時枝が潤に触るのは嫌だ。でも今日だけは許す。俺には直視できないから…酷すぎる…可哀想に…」

「わかりました。今日だけ、私が施します。私には、あなたの方が可哀想ですけど。そんなにショックを受けるなら、途中で止めれば良かったじゃないですか?」

「中途半端は駄目だ」

これだけは、はっきりと言い切った。

「まあ、今回は珍しく、あなたの行動に納得できますが……完全に恨まれましたよ、あなたも私も」

「あぁ…そうだね。潤は俺のこと許さないだろうね」

「社長の本気を見せていただきましょ。億の金が動いたのですから」

「嫌味を言うね、時枝は」

「事実です。それでどうするんです、次は?」

「監禁」

「私、もしかしてかなり恨まれる役どころですか?」

「多分…」

「解りました。付き合いましょう。で、青龍《ブルー》の方は?」

「日本に帰ってからだ。取り敢えず、帰国は潤次第。会社は大丈夫か?」

「問題ありません。うちには優秀な社員しかいませんから。シャワーでも浴びてきたらいかがです？　見るの辛いんでしょ？　その間に終了しときますから」

そんなところにいても邪魔なだけだと、時枝が黒瀬に遠回しに告げた。黒瀬は何も言わずに、バスルームへと向かった。

はぁ。

この青年に社長の想いが通じる日は来るのだろうか？

子どもの初恋を見守る親の心情に時枝は浸っていた。


「お目覚めですか？　水か何か持ってきましょうか？」

「…ん、ったたたた…ぃたいっ」

目が覚めた瞬間、排泄口と、そこから内側に向かい鋭い痛みが潤を襲った。身体の内と外から激痛が走る。

「あんた…よくも…」

声を掛けてきた時枝の顔を見るなり、痛みの原因、男の自分が男の黒瀬に乱暴されたことをアリアリと思い出した。その片棒を担いだ男が、涼しい顔をして立っている。

「時枝です。市ノ瀬さま。これからしばらくあなたの身の回りのお世話をさせていただきます。痛みは酷いですか？」

「あっ、あいつはどこだ！　あのヤロウ出せっ。今すぐ連れて来い！」

「社長は、外出中です」

「くそっ。あんたでいい、殴らせろ！」

ベッドの上から上半身を乗り出した潤の握り拳《こぶし》が、時枝の顔めがけて飛んだ。

…が…、その拳が時枝にヒットすることはなかった。

「申し訳ないですが、素人に殴られるような鈍い反射神経はしていませんので」

「このやろう、黙って殴らせろ！　あんた黒瀬の部下だろ？　素人じゃないってどういうことだ、はん？」

「市ノ瀬さま、落ち着いて下さい。それだけ元気があれば大丈夫でしょう。時枝という名前がありますので、時枝とお呼び下さい」

「うるせぇ、強姦魔の一味のくせに、命令するのか？」

一番殴りたいヤツはいないし、殴ろうとしたヤツは飄々としてるし、やり場のない怒りで潤は痼癪を起こしかけていた。

「お願いです、市ノ瀬さま。社長の持ち物に命令など、滅相もない」

「あんた、黒瀬の何？　ただの部下じゃないだろ？　あんなことまで仕事と言い張るんじゃないだろうな!?」

「私は秘書です。公私ともに秘書です。そんなことよりも市ノ瀬さま、お腹は空いていませんか？　お食事の用意ができております」

食事？　そういえば、食事らしい食事って随分してない気がする…いや、そんなことより、ここから逃げださないと。

「俺の荷物は……あるはずない…か。あいつらのところか」

「ありますよ。昨日申し上げたと思いますが、市ノ瀬さまの所持品全て、買い取らせていただきましたから」

「なら、出せ。俺は帰る」

「無理です。市ノ瀬さまは社長のモノですよ。勝手に外出はできません。諦めて下さい。手荒な真似はしたくありませんので」

くそっ、こいつを本気で相手にしても、多分ボコボコにやられるのは俺の方だ。

第一、こう身体が痛くては動けない。

痛みが退くまで待つしかないのか？

「さあ、食事にしましょう。立てますか」

言われるままに食事をするのは癪に触るが、体力を付けないと、この二人を相手に戦えそうもない。

ベッドから降り、時枝の案内で部屋を出た。

一歩進むことがこんなに困難だとは思わなかった。

歩く度に鋭い痛みが突いてくる。

ベッドの上で時枝とやりあってたときは興奮していて気付かなかったが、熱があるようだ。

身体が火照っている。

それでも、微かに食事の匂いが漂ってくると、胃袋は空腹だと潤に訴えてきた。

リビングダイニングに、典型的なイングリッシュブレックファストが一人前用意されていた。

オレンジジュースに紅茶までセットされている。イギリスに着いてから、これほど本格的な朝食は初めてだった。

「これ、あんたが作ったの？」

「ええ。大丈夫です。毒など入ってませんから」

「いや、そんなつもりで…」

「直ぐに信じてしまうのですね。気を付けた方が良いですよ、市ノ瀬さま。毒を入れた人間は決して毒を盛ったとは言わないものです。まあ、これには入ってませんから、ご安心を」

時枝に馬鹿にされた気がした。自分の甘さがこんな状況を引き起こしているのだと、非難された気もした。

それは、最初に拉致られたとき、十分自分でも反省したことだったが、他人に言われるとかなりむかつく。

しかし、目の前の料理には罪はない。と、自分に都合の良い解釈をして、潤は時枝が用意した食事を平らげた。

「紅茶のお代わりはいかがです？　コーヒーもありますよ。それともお薬の方がよろしいですか？　鎮痛剤もあります。まだ痛むでしょう？　昨夜使用した塗り薬もありますが」

「塗り薬？」

「裂傷が酷かったので、手当てをさせていただきました」

ここは礼を言うところなんだろうか？

この男も俺のあそこを至近距離で見て、触ったということだよな？

でも手当てだというなら…それに…この食事も………

「…ありがとう…あと、ご馳走さま」

「…」

潤の口から出た言葉に、時枝が眉間に皺を寄せる。そして、珍獣でも見たような顔をしたかと思うと、冷静沈着な男が吹き出して笑い転げた。

「ぁああ、もう久しぶりに笑わせていただきました。さすが、社長が目を付けただけのことはある。あぁあ、市ノ瀬さま、天然ですか?」

潤は、なぜ時枝がこんなに笑い転げているのか、理解できなかった。

「あんた、俺を馬鹿にしてんの? 礼を言ったのがそんなにおかしいのかよ!」

「馬鹿になど、していません。…が、どこの世界に強姦の手助けをするような人間に礼を言う人がいますか? 昨夜のこと覚えているでしょ? あなたはきっと、泥棒が盗んだ物を返品に来ても礼を言うんでしょうね」

くそったれ! まただ。また嫌味だ。

礼なんか言うんじゃなかった。

潤は時枝に見下されていると感じた。

しかし実は逆で、時枝は潤の評価を高めていた。

社長と出会うべくして出会ったのかもしれない。あの人にはこういう素直で純粋な人間が必要だ。しかも結構なことに気も強い。

…この青年なら黒瀬と歩んでいけるだろう…

「なんだよ、まだ笑いたいのかよ!」

目を細めて自分を見つめる時枝に、気味の悪いものを潤は感じていた。

「失礼しました。で、お薬はいかがいたしましょう?」

「結構だ！　トイレに行く」

これ以上、側にいると更に馬鹿にされそうな気がして、潤は逃げることを選択した。

「どこにある？」

場所だけ訊くと、痛む身体を引き摺って時枝の前から去った。


バスルームで用を足しながら潤は、男に生まれてきて良かったと、しみじみ思った。

これが女子だったら、今潤が傷を負っている場所まで流れ伝わる可能性も高いわけで、染みる痛みに負け、放尿途中でも、膀胱炎覚悟で作業を中断したかもしれない。

自分の尿が勢いよく便器の中に飛び込んで行くのを見ながら、男女の身体の造りの違いに感謝していた。

が、待てよ⁉　オシッコはいいとして、大の時はどうするんだ？

裂れ痔状態で排泄するってことか？　一旦固まった傷がまた裂ける……勘弁してくれよっ！

今、食事をしたばかりだから、当分は大丈夫だとは思うけど…

当分、痛みの伴う生活から逃れられないのかと思うと、潤は憂鬱になってきた。尿が切れると、そのまま便座に座り込んでしまった。

逃げ出すにしても、この格好じゃなぁ…

昨日はシャツを着せられていたが、今日はバスローブ一枚。昨日黒瀬が着ていたものと同じデザインのものだ。手当てのあと、時枝が着せたのだろう。もちろん下着はない。拉致られてから、これでも今日が一番服らしいものを身につけている。だが、これで通りは歩けない。変質者に間違われそうだし、第一今は冬だ。荷物はここのどこかにあることは間違いなさそうだし、何とか取り戻せないものだろうか、とあれやこれやと考えた。


『ただいま。俺の雄花は？』

帰ってきた？

黒瀬の声に、昨日の激痛を伴った残忍な行為が思い出されて、ゾクッと身体が震え、全身に緊張が走った。

『食事を終え、今バスルームに籠もっております』

『元気？』

『殴られそうになりました』

『ふふ、見たかったな。塞ぎ込んではいないのか。じゃあ、今日も遠慮なくさせてもらうことにしよう。色々と買ってきたし』

色々って？　遠慮なく？

「聞こえてるよね、潤。出ておいで。それとも私が中に入る？」

微かに聞こえていた会話が止んだかと思うと、バスルームのドア越しに黒瀬の声が響いた。

「くろせーッ！」

負けたくなかった。

隠れていると思われるのも癪だった。

潤は自分を奮い立たせようと握り拳に力を込め、バスルームのドアを開けた。

もちろん、その拳は黒瀬を殴るためのものだったが……

潤は黒瀬を殴れなかった。

時枝の時のようにかわされたわけではない。勢いよく開けたドアの向こうに、確かに黒瀬は立っていた。そして拳も見事に顔めがけて飛んだのだが、勢いのついたそれは、当たる寸前のところで止まった。

……怖い……

黒瀬の美しく整った顔、とりわけ切れ長の目が潤の視界に入ったとき、ドクンと心臓が鳴った。顔を見ただけで、狭道を突き上げられた痛みが蘇った。恐怖で縮こまる心臓の音。潤の身体を切り裂いたのは黒瀬の性器だったが、黒瀬の顔を見た瞬間、黒瀬自身、黒瀬の全体が凶器に思えた。

拳が宙で止まったまま、潤は震えと共に立ち竦んでしまった。飛行機が怖くて震えていたときと同じような感覚だった。

「殴らないの？」

凶器が善人面で問いかける。

「…な…ぐられ…たいのか…」

それに対して、震えを押し殺して潤が返した。

「なら、ただいまの挨拶を」

固まっている潤の顎先を掴むと、チュッと、黒瀬がキスを落とした。

「な…に…、するんだっ！」

冷酷な男の唇は温かく、恐怖心に負けていた怒気を呼び起こした。

「やっぱり、潤は元気じゃないとね。怯える潤も素敵だけど」

「誰が、怯えるって？」

止まっていた拳を一旦退くと、再度力を入れ直し、黒瀬の左頬めがけ振り上げた。

「…つぅ痛いな。潤は意外と乱暴さんだよね」

飛びこんでくる拳を避けずに、瞬きもせず、黒瀬はその拳を受け止めた。

何故だ？　昨日は避けたじゃないか？

殴った手がジンジンと疼く。黒瀬も余程痛かったのか、頬を押さえている。

しかし、その表情はなんだか嬉しそうに見えた。

「さあ今日は和姦がいいな、潤」

潤の腕を黒瀬が掴んでそう言うと、「行くよ」と潤の身体を軽々と抱き上げた。

「離せ！　降ろせっ！」

手足をばたつかせ抵抗したが、降ろされたのは、凶行の記憶生々しいベッドの上だった。

「ねえ潤、痛いのと気持ちがいいのとどっちが好き？　昨日は痛かっただろ？」

それは、何をしてそうなるかによるだろうが！

「どっちもイヤだ。側に来るなッ！」

「暴れるなら、また時枝に来てもらおうか？　私は潤と二人っきりがいいんだけど」

何をしようとしているかは抱き上げられ、連れてこられたときから明白だった。逃げても意味がないことも分かっているが、こんな酷い状態の身体に、また暴行を受けるのは耐え難かった。

潤は毛布を引き上げると、身体を丸め頭からすっぽり被った。

ベッドの上に、丸い物体が一つ。

昨日の今日で、こいつはまた犯《や》るというのか？

ただの強姦魔？

俺を犯す為に、あの場所からここに連れてきた？

遮光された毛布の中で、考えが巡る。

「猫みたいだね。それはそれで可愛いけど…」

毛布の上から、黒瀬が腕を回し抱きしめてきた。自身もベッドに上がり込んでいるようだ。

「震えているの？　昨日、余程怖かったんだね。ふふ、機内の潤も震えていたよね……ほら、大丈夫だから」

抱きしめる腕に力が入る。毛布越しに黒瀬の体温が伝わってくる。ギュッと締め付けられた身体の内部に、温かい何かが染み入るように流れてくる。自分を傷つけた男の体温に、安堵を感じるのは何故だろう。顔を見れば、自分を切り裂いたこの男に震えるほど恐怖を感じるし、乱暴したこの男が憎くて怒気が込み上げてくるっていうのに、体温だけを感じると不思議な安心感が生じてくる。

時枝の嫌味が思い出される。俺は、馬鹿かもしれない…

怖くて隠れた対象から、安堵をもらうってこと自体信じられないし、これからこの男が何をしようとしているのか分かっているだけに、そういう自分が情けなく、潤の目から涙が滲み出ていた。

「今日の潤は子猫ちゃんだね。痛いことはしないから、顔を出して」

そんな言葉信用できるか……

「ね、顔見せて。自分から出ておいで。じゃないと、無理矢理毛布剥がして、昨日みたいにするかも。潤はそれでいいの？　痛いのが好きな変態さんかな？」

うっ、くそっ…変態なのはお前だっ！

お前にそんなこと言われたくないッ！

こんな、泣き顔を見られるのも我慢ならない、でもあの激痛は耐えられない…第一、まだこんなに痛むのに…

あああっ、くそったれ！

覚悟を決めて、毛布から顔をそろりと出した。

「子猫ちゃん、泣いてたの？」

「泣いてない！」

「意地っ張りだね、この子猫は」

やれやれといった表情で黒瀬は潤の顎を掴み上を向かせると、涙の跡を唇で追った。

目の前に迫る黒瀬の顔を見ることに抵抗を覚え、潤は瞼を下ろした。皮膚の上に滑る唇の感覚に、ぞわぞわする。

またキスをされるのか？　したら、その唇を噛んでやる！　と、潤は思っていたが、黒瀬の唇は潤の口を塞ぐ前に頬から離れた。

「時枝、アレと水持ってきて」

「あいつを呼ぶのか？　また二人がかりで……俺を…」

「潤が暴れないなら、時枝は必要ないだろ？　暴れないなら、呼ばない。ただ物を運んでもらうだけ。暴れない？」

なんという選択肢だろう。潤が暴れなければ、痛い目にも遭わせないし、時枝を入れることもない。もし抵抗するなら、時枝にも介入させるし、酷い目に遭わせるという意味だ。

言葉で返事をする気にはなれなかった。黒瀬からの行為を自ら望んでいるような返事を口に出すことはできなかった。

潤は静かに首を縦に振った。

激痛から身体を守るために、プライドを捨て、暴れないと意思表示をした。

「潤、良い子だ。じゃあ、運んでもらったら直ぐに追い出すね」

時枝がペットボトルと紙袋を持ってきた。

「昼間からですか？　社長も好きですね。あれ、もう泣かせたんですか？」

黒瀬以上にこいつには弱みを見せたくないと思う。

「泣いてない！」

「そんな充血した目で言われても説得力ないですよ、市ノ瀬さま」

「うるさいっ」

「イヤだな、二人ともすっかり仲良しさんになって。妬けるね」

「社長、馬鹿なこと言わないで下さい」

「結構、本気で言ったつもりだけどね。もうあっちへ行ってくれて構わないから。今日は、この子猫ちゃん、従順になるらしい」

黒瀬の手が潤の頬を愛玩動物を撫でるようにさする。

「社長の雄花は今日は子猫ですか。とんだ飼い主に拾われましたね。では、私はこれで」

毛布から顔だけ出している潤を時枝は一瞥すると、部屋を出て行った。

「やだな、すっかり時枝にも気に入られてしまったね、潤」

そんなことは、絶対ない！

この男はどういう感覚をしているんだ。最後のあの流し目は、俺を見下しているんだ。黒瀬に屈した俺を軽蔑したんだ。

潤の中で時枝への『嫌なヤツ度』が更に高まっていた。

「さあ、邪魔者はいなくなったし、もっと身体をこっちへ」

黒瀬は毛布ごと潤を引き寄せると、袋から小さな小箱を取り出した。

箱の中は錠剤で、その一粒を自分の口に放り込んだ。

「…うっ」

ペットボトルの水を含むと、強引に口移しで潤に飲ませた。

「ゴホッ。何飲ませたんだよっ」

「一種の鎮痛剤かな?」

かなってどういうことだよ。鎮痛剤だって言い切れない変なもの飲ませたのかよ。

黒瀬は潤を包み込むように背後に座り、後ろから手を伸ばすと、潤が身に巻き付けていた毛布を取り払った。

「潤、毛布剥ぐよ」

幼子が父親に抱っこされて座っているような形に、昨日とは違う扱いを実感する。

痛くしないと言った言葉が信じられるような気がした。

でも…色々されるんだよな…結局……

痛みからの恐怖ではなく、この先何をされるんだろうという緊張から、また潤の身体が小刻みに震え出した。

後ろから伸びた黒瀬の右手が潤のバスローブの前を割り、性器に触れてきた。

「！」

身体に緊張が走り、ビクッとしなる。

「逃げられないよ、潤。ココに触るの、二回目だね。あの時は左手だったけど今日は右手だから、もっと気持ち良くしてあげられそう」

機内での出来事が脳裏に浮かぶ。

潤のソレは、黒瀬の手の体温と感触を記憶していた。触れただけで、その次を期待しているような反応を示す。

黒瀬の言葉通り、彼の右手の動きはあの時よりかなりスムーズで、確実に弱いところを狙ってきた。

「…っ…」

「声を抑えないで、潤。もっと気持ち良くなるから」

自慰より数倍いい。黒瀬の掌に握られた潤の雄芯は扱かれるごとに質量を増していく。

「…あ、もう…や…」

「もう、雫が溢れてきた。潤は感じやすい。ここを一緒に触るとどうなるかな?」

「――ひぃっ、いたっ…」

黒瀬の左手が潤の胸に伸びた。抓るように左乳首を引っ張った。

「痛いだけじゃないだろ？　ジンジンして気持ちいいんだよね？　ふふ、もうこっちもベトベト」

身体の神経が繋がっていることを実感させられる。乳首への刺激が、ダイレクトに雄芯へ影響し、抑えきれない射精感となる。

「…あぁ…手、どけろ、もう、出る…」

「イって、子猫ちゃん」

耳元で息を吹きかけるように囁かれ、それが合図になったように、潤は精を放出した。

…変…身体がおかしい……何、これっ！

射精したばかりであるはずの爽快感がない。イったばかりで、小さくなっているはずの中心に、また熱が籠もる。

「いっぱい出たね。拭かないと気持ち悪いだろ？」

そう言うと黒瀬はすでにはだけてしまったバスローブを脱がし、それで潤の腹と自分の手に飛び散ったモノを拭き上げた。

「ティッシュぐらい、使えよっ」

バスローブのタオル地が肌を擦れただけで、更に身体がおかしな反応を見せる。

「黒瀬…さっき飲ませたの、鎮痛剤じゃないだろ」

考えつくのは、それしかない。

「どうした?」

「どうしたじゃ、ねぇよ。身体が変だ、熱い…」

「あれ?　もう効いてきた?　即効性じゃないはずだけど、日本人にはこっちの薬は強く作用するのかも」

半分こっちの血も流れてるんだよっ。

そうだったんだよ、俺ハーフだったんだ。国籍日本、見た目も日本人、でも流れている血の半分はイギリス人なんだ…って、そんなこと言っている場合じゃない！

もう、潤のそこは頭を持ち上げていた。潤も黒瀬も触れてないのに、硬さを戻し始めていた。身体の内部から熱が広がってくると同時に、毛穴も広がり、皮膚がとても敏感になっているのが分かる。

潤の背後に陣取っている黒瀬が呼吸するだけで、ゾワッと欲望の波が走る。

「潤の揺れてるね、どうして欲しい?」

「どうして欲しいじゃ、ないだろ?　何飲ませたんだよっ、教えろっ」

「教えて下さいでしょ?　仮にも私は潤より年上で、しかも今は持ち主さんなんだけど」

こんな状況で、説教する気か？

敬意を払えとでも言うつもりなのか？

「教え…て、下さい…」

こいつと押し問答やってる場合じゃないと、潤は不本意ながら下手に出た。

「よく言えました。ふふ、怪しい薬じゃないから心配しないで。強壮剤に少し媚薬が入ったものだから」

十分、怪しいじゃないか！

我慢できなくて、潤の手が伸びる。

ビシッと、その手は叩かれてしまった。

「私がいるのに、自慰だなんて行儀が悪い。そんな子には、お仕置きが必要だね」

バスローブの紐で潤の両手を後ろ手に縛り、黒瀬は潤の上半身を前に押し倒した。腰だけ上げさせ、グッと自分の前に引き寄せる。潤の双丘に手を置くと、

「悪い子にはお尻ペンペンだ」

と宣言するなり、潤の左右の臀部の丸みを交互に叩きだした。

「うっ、止めろっ！　あぁ、う…」

普通の状態なら、叩かれた箇所が痛いぐらいだろう。小さな子どもならいざ知らず、大学生

にもなって、尻の一つや二つ叩かれたといって、呻き声が出る程耐えられないものではない
——残念ながら今の潤は普通の状態ではなかった。

敏感になった皮膚に直接くる刺激が、全身に針のように突き刺さる。痛い、でも痛みだけではなかった。

「お尻を叩かれて、お漏らししてる。感じてるよね。痛いのが好きだったんだ」

誰の手にも触れられてない潤の雄芯からは、叩かれ身体が揺れる度に雫が散っていた。

「…ん…痛いっ、止めろよ…黒瀬っ！…痛くしない…と、言った…」

「潤、可愛いこと言わないの。痛くはないよね？　こういうのは気持ちいいって言うの。ジンジンして身体が熱くて、堪らないだろ？」

「気持ち…よくない…ひぃっ」

ビシッと、潤の言葉を諫めるように、黒瀬の手に力が入る。

「嘘を言っては駄目だよ、子猫ちゃん。潤と違って、潤の分身は素直に歓喜の涙を零してるじゃない。神経を集中してごらん、もっとよくなるから」

容赦なく黒瀬のスパンキングが続く。

室内に潤の呻き声と、柔らかな肉を叩く鋭い音だけが連動して響いている。

「あっ、あっ…、　うっ、つ、」

痛いだけなら逆に良かったのに、と潤は思った。明らかにそれは快感としての刺激だった。身体が、もっともっと、と叩かれるのを待ち望んでいる。黒瀬の言葉通り、尻から伝わる刺激だけで達けそうだった。潤の中心はもう痛いぐらい硬くなっている。あと、もう一歩の刺激が、欲しかった。

「腰が揺れてるよ。イきたいなら、ねだってごらん。できるよね？」

このやろっ、弱みにつけ込みやがって！

「…うっ…いきたい…いかせて、くれっ！」

「『下さい』でしょ？」

覚えてろよっ！

「っ、…いかせて、くだ、さ…いっ」

潤の言葉を聞き届けると、更に黒瀬の手に力が入り、空いた方の手が潤の乳首に伸びた。

「あっ！」

残り一押しの刺激をもらって、潤は果てた。

「凄いね。触れなくてもイけたよ」

二回続けての射精で、ぐったりと身体は疲れていた。しかし、潤の身体に籠もった熱は燻り続けていた。

「前戯は終わり。さあ、本番かな？」

本番って？

今までのが前戯だと？

ふざけるな！

口に出す代わりに、潤は黒瀬を振り返り、睨み付けた。

「そんな目で見つめられたら、酷いことしたくなるだろ。今日は優しくするって決めたのに」

あれだけ人のケツ叩いといて、言う台詞《せりふ》か？

まだ叩かれているような感覚が残っており、双丘は桃色に染まっていた。

「あった、あった、これこれ」

一体あの袋の中には何がどれだけ入っているのだろうか。がさがさと袋の中を物色した黒瀬が今度は小さなチューブを手にしている。チューブの中身を指に取ると、潤の臀部を割り開いた。

「まだ凄い状態だね。痛い？」

凄いも何も、自分の目では怖くて確認していない。痛みの程度と指で触れた感じで、酷いのであろうと想像はつく。

先程飲まされた変な薬と二回の射精、スパンキング。少しの間、その部分の痛みは忘れていた。しかし改めて訊かれると痛みが戻ってくるような気がする。そこを割り開きジロジロ見られることの羞恥より、また裂傷の痛みを感じる方が潤には辛かった。

「痛くないはず、ないだろ！」

「そうだよね。これをたっぷり塗ってあげる」

指に取ったジェリー状のものを丹念に潤の孔に塗り始めた。苺の甘い匂いが漂ってきたのは、それが香料を含んでいるからだろう。

「どう、潤、痛みが麻痺してきただろう？」

「あ、てめぇ、人のケツに指を突っ込むなっ！」

ペシッとまた尻を叩かれた。

「潤、口に気を付けなさい」

「…指を…入れないで下さい」

「どこに？」

こいつ、絶対遊んでやがる。そんなこと言わせて何が楽しんだよ、このド変態が。

「俺の中に…だ、じゃなくて、です」

ジェリー状のものをたっぷりと含ませた指を、潤の中へ入れては出し、入れては出しと繰り返しながら、少しずつ内部へと侵入してくる。その度にグチャグチャと卑猥な音がする。

「内部にも傷があるから、塗らないとね。表面だけが痛いわけではないだろう？」

そりゃ、そうなのだが…、こいつの指の動きは薬を塗るためだけじゃないような気がする。

指の動きだけではなくて、ジェリー状のものを塗られた箇所が変なのだ。痛みは消えたが掻痒感というか何とも形容しがたい感覚が生まれてきて、何かを擦り付けたくて堪らない。指が内部に入ってきてるので、それが身体の内側にまで広がってきた。

「それ、何の薬だよ」

「催淫剤入り潤滑ジェリー。合法だけど、麻酔と同じような成分が入っているから痛みも感じなくなるし、今日の潤にはもってこいだと思って用意した。どう？　効いてきたんじゃない
もともと身体は変な錠剤のせいで火照っていた。そこにこのジェリーで、潤の身体は本能だけに支配されつつあった。

「…やだっ、くろせっ、　身体が熱い…さっきよりも、もっと熱い……」

「どうして欲しい？」

意地の悪い質問が黒瀬の口から飛ぶ。

意地悪ついでなのか、黒瀬の指がそこから離れた。

「…どうにかしてくれ、熱いし、痒いんだよぅ」

窄み周辺から腸の内壁までが蕩けてしまうんじゃないかというほど、熱を帯びており、その

熱が痒さに拍車をかける。自分の手が届くなら何の躊躇《ためらい》もなく手を伸ばし、掻き毟っているだろう。しかし潤の手は先程から後ろ手に括られたままで、自分ではどうすることもできなかった。

「言葉があるだろ？　具体的に私に伝えて。抽象的な表現もいいけど、今日は素直な言葉が聴きたい気分かも」

てめぇの気分なんかどうでもいいんだよっ。

お前のせいだろ！　変なもの塗りやがってっ。

身体が…変で…もう狂いそうなんだよっ！

「あぁ、もう…くろせっ、…おねがい…だから、なか、掻いて…くれよ……、痒いんだよ」

「ふふ、潤、それは痒いのとは違うと思うけど、まあ初めてだと他に表現のしようがないか。何で掻いてあげればいい？」

馬鹿か、こいつは！

孫の手でも用意してくると言うつもりか？

「指でいいから…直ぐに、掻いて、くれよ、――あぁ、もう…我慢できないっ！　四の五の言ってないで、掻けっ！！！」

痛みより、痒みを耐える方が地獄だったんだと、このとき潤は身をもって学んだ。

「掻いて下さいだろ？　もう、可哀想だから見逃してあげる。さっきは指入れるなって言ってたのに、指でいいんだ？　ご希望通り、指で掻いてあげようね。ふふ、掻くんじゃないけどね、擦るんだよ潤。あとでもっといい物も使ってあげるから…」

最後の方の言葉はもう潤の耳には届いてなかった。

「うっ、——あぁ…」

黒瀬が二本の指を突き入れてきた。

「凄い、ドロドロになってるよ、潤の中。こら、締め付けないの。もっと擦ってあげるから」

言葉通り、黒瀬の指は潤の中を擦りあげる。やっと、待っていた刺激を与えられ、そこから快感が広がっていく。

「はぁ、いい…、もっと、もっと…擦って、掻いて…」

「可愛いね、潤は。本当に可愛い…　その言葉を薬なしで言わせてみたいものだけど。また、前も硬くなってるし、前後ともぐちゃぐちゃだ。もっと蕩けさせてあげよう。潤のいいところはね…ここだ」

「んぁあああっ…」

前立腺を刺激され、三度目の射精をしたところまでは、潤の記憶にはっきりと留まっている。

しかし、それから先は夢のように曖昧で、自分が発した言葉も行われた行為も本当にあったこととは思えず、現実との区別がつかずにいた。ただ、それが夢ではないことは、身体に残った甘い疼きと更なる負担を強いられ、立つこともできない身体が証明していた。

——それと、もう一点、とあるモノが…


「…く…ろ…せ——…」

声を絞りだして、黒瀬の名を呼ぶ。

呻き過ぎたのか、叫び過ぎたのか喉の奥がヒリヒリとしていた。

「ここにいるよ、潤。いいから横になってなさい」

ベッドの上の潤の頭をよしよしと黒瀬の大きな掌が撫でる。

疲労困憊の潤の身体は変に落ち着きがあり、ただ頭の中は、痴態を晒す潤の姿と追い詰める黒瀬の姿が現れては消え、消えては現れを繰り返していた。


(…あれ…本当に俺か……?)


「…もっと、もっと黒瀬…」

いつの間にか手の縛りは解かれ、身体も仰向けにされていた。その脚は広い角度で割られ、間には黒瀬の身体があり、その身体に潤は自らしがみつこうと手を伸ばしていた。服を着たままの黒瀬が潤の爛れた秘所に自分の一物を押しつけている。

「…いれ…てくれよ…な、たのむから、なあ…掻き回して…くれよ…」

涙をポロポロ零して訴えていた。

（…俺、自分から…）

「あげるから、いくらでもあげるから、潤泣かないの。あとで痛くてもいい？」

「…あとのことなんか、しらないっ、今くれよ、なぁ…な――はぁ、く、ろせっ」

黒瀬が躊躇なく突進してきた。

「ん、あぁああ…くろ…せ…っ」

耳に残るぐちゃぐちゃという水音と、自分の嬌声。黒瀬のシャツにしがみついて、腰を自ら振っていた。もっと、感じたくて。

（…俺、何度も、何度も自分でねだったんだ…そして…アレを…受け入れてしまったんだ…正気じゃなかった……くそっ…怒る気力も…今は……な……い……）

何度イったかわからない。何度イっても切りがなかった。身体が次から次へと快感を追い求め、潤の意思ではどうしようもなかった。そんな潤の中に自分をはめ込んだまま、黒瀬が例の袋の中から、千枚通しのような物を取りだした。

「これで、飾りを付けてもいい？　潤には似合うと思うよ。潤は私のモノだから、印を付けておかないとね。今なら、興奮してるから痛くないよ？」

「――んぁ、か…ざりっ？　何でも、いい…から…もっと…してっ、…たり、ない、うご…いて…よ」

手に千枚通しを持った黒瀬の動きは止まっていた。そのことの方が興奮状態の潤には問題で、黒瀬の手の先で光る、鋭利な物に意識はいってなかった。

「動くと危ないから、少しだけ我慢して。あとでたっぷりあげるから」

「ひっ」

袋の中から手早くコットンと消毒液を出した黒瀬は、潤の左乳首と、千枚通しを拭き上げた。

アルコール分の冷んやりした感触に潤の声があがる。

「いい感じに乳頭が硬く尖ってきた。これなら一発かな？」

「うごいてっ…！」

焦れた潤が中の黒瀬の雄芯を絞り取るように腰を振る。

「危ないって言っただろ？」

何も持ってない黒瀬の左手に太腿をビシッと叩かれ、腰を押さえ込まれた。その左手も、潤の動きが止まると、乳首へと上がってきた。

「一瞬だから、」

黒瀬の左手が尖った乳首をピンと引っ張ると、乳頭の付け根少し上を千枚通しの先で一突きに貫通させた。

「…あぁあああぁっ…」

潤の身体は錠剤とジェリーで麻痺しており、激痛の代わりに強烈な快感が、潤に悲鳴をあげさせた。潤の悲鳴と共に、真っ赤な鮮血が飛び散り、黒瀬の白いシャツを染めた。

その瞬間、もう出過ぎて薄くなっている精を、また潤は吐き出した。

「…ん、あん、あっ」

黒瀬の舌が、流血で赤く染まる胸を這う。乳輪から乳首にかけて優しく血を舐め取っていく。

その舌に感じて、潤から吐息が漏れる。

「潤の血は、甘い。吸血鬼の気持ちが解る気がするよ。そろそろ血も止まったから…」

既に黒瀬の手から千枚通しは消え、代わりにまた消毒液を含ませたコットンが握られていた。

止血した乳首を再度消毒すると、小さなジュエリーケースを取り出した。

「さぁ、これを着けるよ、潤」

潤の理解など、お構いなしに黒瀬は作業を続けていく。ケースの蓋を開け、中からキラリと光る小粒の物を取りだした。

アメジスト。紫水晶。

プラチナのリングに石が付いたピアス。

ベビーリングのようにも見える。

「私の好きな色の宝石だよ。半貴石だけど高貴だよね。この宝石名の由来となったギリシャ神話のアメシストのように、潤は可憐だから、私は自分の罪を思い知らされるよ…、今の潤の耳には届かないけど…ふふ…」

快感の残り火で目を潤ませている潤に語りかけるように黒瀬が呟くが、潤は大きな快楽のあと、何も与えられてないと焦れているだけだった。

「…くろせ、まだ…」

「思うに、傷が多くて深かった分、潤にはジェリーの成分がより浸透してしまったみたいだね。それとも、もともと薬に弱い体質なのかな？　今、着けてあげるから、もう少しお利口さんにしてなさい」

小さな穴に狙いを定めると、特殊な構造のリング部分を通し装着した。

「きっと、正気に戻ったら、怒るだろうね。これ自分では引き千切らない限り外せないようになっているから。でも怒った顔も好きだよ」

さぁ、と満足げに身体を起こすと、

「では、潤を昇天させてあげましょう」

「ん、ぁあっ、いい、ぁああん…あ、そこ…」

黒瀬自身も何度も果てながら、潤の求める物を気絶するまで与え続けた。


「…水…」

「持ってきてもらおう。少しは動ける？　お腹は空いてないかい？」

起き上がろうとしてみるが、脱力感で腕に力が入らず、潤はベッドに沈んだ。

「無理…、水だけでいいよ…怠い…」

「あちこち痛くない？」

「今は…あまり感じない…」

まだ、神経が薬効から解放されてないのか、さほど痛みは感じない。少し疼く程度だ。

それよりも、痴態を晒したことが紛れもない事実だったと徐々に実感でき、黒瀬の顔を見るのが恥ずかしい。

――そして…、
そっと、手を左胸に当ててみると、冷たく小さな硬い物に触れた。拒絶もせずに受け入れたものが、ぶら下がっていた。その事実に怒りを感じる気力はなく、今はピアスを装着した胸を黒瀬に見られることに、羞恥だけを感じる。自分の顔を黒瀬に晒すことも、ピアスを装着した胸を見られることも、耐えられず、黒瀬に背を向けた。

「時枝、水を二つ持ってきて」

…時枝…彼が来てこの姿を見たら……

また馬鹿にされるに違いないと、潤は情けない気持ちになる。

「その色っぽい姿を時枝に見せるわけにはいかないけど、飾りは見せつけたい気もする」

潤の気持ちを知ってか知らずか、黒瀬がとんでもないことを口にした。

それは絶対に嫌だ！　という心の叫びに連動してビクンと身体がしなる。

「毛布を掛けてよう。私が怒られそうな気もするし」

腰元をだらしなく覆っていただけの毛布を潤の肩元まで引き上げ正すと、潤の横で座ったままの黒瀬も脚だけ毛布に入れた。

「失礼します。水をお持ちしました。……何ですか、この流血騒ぎは」

「別に騒いではないけど」

「ええ、そうですね。今は静かですけど。あの声の裏でこんなことになっていたとはねぇ。血だらけじゃないですか。とうとう殺《あや》めましたか…」

「時枝、それ笑えないんだけど？　大げさだな、ちょっと血が付着しただけじゃないか」

「そのシャツ、もう処分しないと。昨日も出血させて、今日もですか？　社長の雄花、えっと、今日は子猫ちゃんでしたっけ？　貧血起こすんじゃないですか？　夕飯は鉄分を補う献立にしましょう。それより、子猫は息をしていますか？　えらい静かですけど」

「一連の出来事プラス昨日今日で、動けないみたい。ふふ、今日は凄かったし…」

「凄かったじゃないですよ。声が全て聞こえてました」

「印も付けたし、見たい？」

「見せたいんでしょ？　興味ないですけど、見てあげます」

「潤、ごめんね」

毛布を捲ると、自分の上に潤を抱きかかえた。

「やめろっ」

潤の抗議は却下され、裸の上半身が時枝の前に晒された。幸い下半身だけは毛布の下だった。

「なるほど。あなたの物ってことですか。流血の原因はこれですか」

じろじろと一点を見る時枝の視線が痛かった。いたたまれず、潤はそっぽを向いた。

「市ノ瀬さまには似合ってるんじゃないですか」

その言葉が潤には『お前はそんな物を着けられて喜ぶような男だ』という響きに聞こえた。

実際時枝は、『白い肌に似合っている』と思ったからそう言ったのだが、引け目を感じている潤は、素直にとることができなかった。

「時枝もそう思うだろ？　潤にはこの紫が似合う。俺の好きな色だからね」

何だよ、こいつ、時枝には『俺』なんだ。

この状況に居心地の悪さを感じている潤は、些細なことがむかついた。

「もう、横にしてあげたらどうですか？　辛そうですよ。水ここに置いておきますから、飲ませてあげて下さい。じゃあ、私は夕飯の買い出しに出かけます。何かあったら携帯へご連絡下さい」

この二人の掛け合いを聴いていると、チクチク胸に棘が突き刺さる。それが何故かは判らないが、時枝が部屋を出て行ったとき、潤は「やっと行った…」と安堵を感じた。

「妬ける。ジェラシィを感じる」

誰の何に？

また、訳のわからないことを……だよな。いちいち反応するのも面倒で、潤は頭から毛布を被ったまま、寝たふりを決めていた。

「やっぱり意識してるよね、潤は時枝を」

やっぱりってどういう意味だ？

『ふり』に気づいているのか、黒瀬が独り言のように続ける。

「私に対する態度と時枝とでは、天と地ほど違うんだけど。時枝のこと意識しすぎて目さえ合わせられないって感じだったよね。これだけ私と甘い時間を過ごした直後だっていうのに。ピアスを似合うと褒められたのは嬉しいけれど、潤があれ程、身体見せるのを意識するとは思わなかったよ。大好きな時枝に、私に付けられた印を見られるのがそんなに嫌だったの？」

ガバッと起き上がって、大声で『違う！』と否定してやりたかった。でも今の潤の身体はそれができないほど衰弱していた。

「んなことは、絶対ない！」

声だけは頑張ってみた。大声を張りあげるとまではいかなかったが、かなりの大きさはあったと思う。しかしその声は毛布に籠もり、黒瀬の耳にクリアな音で届かなかった。

「寝言かい？　何か私に伝えたいなら、毛布から顔を出してごらん」

言われた通り顔を出した。

「まだ黒瀬の方がマシだ…違うっ、何言ってるんだろう…お前は極悪で…時枝は別の次元で最悪なんだよ…」

「極悪と最悪じゃ、やっぱり時枝の方が好かれているじゃないか。はぁ、潤は趣味が悪いよ。でも諦めて。潤がどんなに時枝のことを想っても、潤は私のものだから。身体と心は別とか言っても駄目だから。身体は私のモノになっても気持ちだけは時枝を想ってます、みたいな乙女チックな戯れ事は許さないよ？　そういえば、飛行機の中でも『クールで格好いい』って許してたよね。あの時からずっと想っていたの？　潤の白馬に乗った王子様は時枝だと想っているんだったら――」

何独り悦に入って勝手にストーリーを作りあげてるんだ？

…もう、それに付き合うほど、身体にエネルギーは微塵も残ってないっていうのに……だりい…眠い……

「訊いてる？」

うん、訊いてるよ…もう勝手にしゃべってろよ……

「――だよね？」

「…あぁ…そう……だよ…」

何かを問われた気がする…だから…返事をした…適当に。

質問の意味も分からずに肯定し、潤の意識は深い眠りの中に吸い込まれていった。

「あ〜あ、水が欲しいと言ったのに、飲まずに寝ちゃったよ」

黒瀬が潤の頬を指で突く。しかし潤は死人のように眠っており、無反応だった。

しょうがないなと、口にペットボトルの水を含むと、潤の鼻を摘んだ。息ができず無意識に開いた潤の口に唇を置くと、潤の口内へ水をそっと移した。

「少しは飲んでくれたのかな？」

口端から顎、首筋に、嚥下できないでいる水が流れ伝っている。それをティッシュで拭き上げてやる黒瀬の目には、愛おしい者を見つめる優しさが滲み出ていた。

「ゆっくり寝るといいよ。次に目覚めたときは、激痛が走っていると思うから……ふふ、また殴られるかな？」

潤の額にチュッとキスをし毛布を正してやると、黒瀬は部屋を出て行った。


「こんな所にいたんですか。付いててやらなくていいんですか？」

買い出しから戻ってきた時枝が、食料品のたっぷり入った袋をドサッとキッチンの台の上に置くと、少し皮肉を込めて黒瀬に言った。

「潤は死んだように眠っているよ。寝顔を見ていると、可愛くてまた食べたくなるだろ？　そんなことより時枝、」

「何ですか？」

「潤に何かした？　俺が留守の間に」

「は？　食事は与えましたけど。それが何か？」

「他には？」

「殴られそうになったことは既に報告済みですが」

「それだけか？」

「そうですよ」

「さっきも言ったけど、仲いいよね。潤が時枝を意識していることがムカックんだけど。さっきも目を反らしてたし」

マジでこの男は疑っているんだろうか？

「本気で、私が社長の雄花に何かしたと思ってます？　社長は私の好みを人一倍ご存じのはずでは？」

語気を荒らげて抗議した。

「冗談だよ。ムキになるな。潤が意識しているのは本当だよ。で、訊いてみただけ」

「理由をご存じでしょ。あなたと同じです。彼は嫉妬してるんですよ。あなたの命令を素直に聞く私に、嫉妬じみた感情を抱いているのです。本人は気付いてなさそうですが。凄く社長と私の関係を気にしてましたから。それと、私に笑われたことで、プライドが傷ついたのでしょう」

「笑った？」

「ええ。この私に礼を言うものですから。昨日の今日で、社長の命令とはいえ強姦の手助けをしたこの私に礼ですよ。信じられます？」

「ふふ、潤はそういう子だよね。空港でも、礼を言ってた。たとえ憤慨していても、してもらった事への礼儀は忘れないし、それを口で表現できる。時枝、潤を気に入ってるよね？」

「そうですね。嫌いなタイプではないです。でも、はっきりと申し上げておきますが、恋愛感情の対象外です」

時枝が黒瀬を嫌なヤツだと思うのは、こういう時だ。時枝の想い人を知っていながら、からかって遊ぶ。

「そうだった、時枝には雄花を愛でる趣味はないんだった。そのうち紹介してあげるよ」

「結構です。それよりその血だらけの服のまま、目の前に陣取るのは止めて下さい。さっさと着替えて下さい。あなたが着てるとしゃれになりませんよ」

「怒ると、眉間に皺ができるよ？　時枝は怒るとしつこいから、さっさと着替えてこよう」

席を立って歩いていく黒瀬の後ろ姿を見ながら、一体あの人は結局何が言いたかったんだ？

言わせたかったのか？　と、不毛な会話の意図を時枝は考えてみた。

…そうか、彼が私に嫉妬していると言わせたかったのか。それはつまり、あの雄花が社長のことを気にしているということだから…。社長もあれだけ嫌われることとしておきながら、愛しい雄花の心の変動を期待しているのか？　それはかなり図々しい期待だと思うけど。あれだけの嬌声をあげさせても、所有の証を付けても、心がないことが辛いのだろう。きっと、目が覚めたらバトルだろうし。でもこの人が、相手のことを真剣に考えて行動するのは初めてじゃないだろうか？　それをさせる市ノ瀬の存在の大きさに期待させてもらって、願わくは社長の心が早く彼に届けばいいと思う……

「さぁ、美味しいものを可哀想な二人のために作ってあげましょう」

時枝は、この状況が潤だけではなく、黒瀬にもかなり過酷だと感じていた。

写真が送り付けられたときから、黒瀬の苦悩は続いている。口には決して出さないが、自分が興味半分で手を出したせいで、市ノ瀬があんな目に遭ったことを悔いて自分を責めているのが痛いほど分かる。だからオークション会場に置き去りにされても、文句一つだけで黒瀬を許したのだった（…が、そのことについてはかなり根にもってたり…する…）。

「潤、どうだい？　動ける？」

うるせぇよ…もう少し…寝かせろっ…

「夕飯できたよ。ディナーにしよう」

だりぃ…

「起きないと、レイプするよ？」

その言葉に眠気がぶっ飛んだ。

去った眠気の代わりに下半身の激痛が五割増しで戻ってきた。しかも違うところも疼く。

胸の左側、左乳首。

「てぇよ、いって〜…」

戻ってきた正常な感覚とはっきりしてきた頭で、この状況が直ぐに飲み込めた。

「子猫ちゃん、目覚めたかな？　もう薬は切れてるよね？　塗り薬、持ってこようか？」

顔を覗き込まれ、潤の顔が真っ赤になる。腸の内壁がきゅんと締まった気がした。

黒瀬の顔が、快感に悶えた記憶を呼び覚まし、激痛の走る箇所がぴくんと反応した。

「顔赤いよ。ふ、可愛い」

恥ずかしさが怒りに変わっていくのに、さほど時間は掛からなかった。

「このやろうっ。変な薬使いやがって！　っつ、くそっ…起き上がれねぇ。これ、取れよ。こんなもの人の身体に勝手に着けてるんじゃねぇ！」

潤は怒りに任せて黒瀬に飛びかかろうとしたが、痛む腰に力が入らず、上半身を起こすこともできなかった。

「痛いのが嫌だと言ったの潤じゃなかったっけ？　だから痛くないようにしてあげたんじゃない。もの凄く気持ち良かったよね？　あれだけ自分からせがんでアンアン啼いておいて、痛かったとか気持ち悪かったとかまさか言わないよね？　ピアスだって着けてもいいか、ちゃんと確認したよ？」

「無理矢理言わせたくせに！　てめぇ、最低だ、この強姦ヤロウッ」

身体を起こせない潤は枕を掴むと黒瀬の顔めがけて渾身の力で放り投げた。

「ぃたぁ。この子猫は元気になるとすぐに暴力に出るから、全く躾が大変だ」

ヤレヤレと、顔に命中した枕を黒瀬が拾い上げ、潤の顔の上に枕を置いた。

『誰が子猫だ！　何が躾だ！』

枕の下で心の叫びは声になることは無かった。

「ちょっと、診察」

ガバッと毛布を足元から捲り、潤の太腿を黒瀬が割った。両手で潤の脚をM字に曲げると潤の秘所から十センチ位の距離に自分の顔を近づけた。

「あ～あ、やっぱり傷が広がって腫れてる。薬を塗ろう」

「そんなとこジロジロ見るなっ！」

顔の上の枕を振り払って抗議した。

「何今更照れてるの？　潤はおかしな子だね。たっぷり薬を塗ってあげるから、大人しくして」

「薬なんか塗らなくていいっ。どうせまた変な成分が入っているんだろうが！」

「嫌だな、潤は。いつからそんな疑り深い人間になったんだい？」

「お前に会ってからに決まってるだろっ！」

「大丈夫、正真正銘の傷口用の軟膏だから、安心して塗らせなさい」

黒瀬がしゃべる度に潤の秘所に息がかかり、傷口が痛む。それを堪えるために力が入るので、蕾がキュッと締まる。

「顔をソコから離せ！　息が掛かって痛い」

「痛いだけ？　少しは感じているんじゃないの？　潤のココ、ひくついてるよ」

「…お前、絶対殺す……」

「おっかないな、潤は。やはり躾が必要かな？」

「ひぃっ！」

黒瀬が軟膏をたっぷり付けた指を何の前触れもなく潤の窄みにぶすっと突き入れた。

「中にもたっぷり塗っておかないとね」

当然のことのように黒瀬が言う。

「早く指を出せよっ。そんなとこまで塗らなくていい」

「そう？　潤のココは私の指が好きみたいだけど」

「動かすな！」

「動かさないと筒状の壁に塗れないだろ？　大丈夫、敏感なところは避けてあげるから」

そういう問題じゃない！　薬やジェリーの成分が抜けて痛みは凄いし、軟膏の滑りで変に指の刺激を感じるし、堪ったもんじゃない。

「もういいっ、十分だ！」

「ふふ、じゃあここは終了。あんまり潤の中に長居すると、潤が感じちゃいそうだから、止めておくね。さあ、一番酷いところを手当てしてあげよう」

指を抜き取った黒瀬が再度指に軟膏をとり、窄みのひだを広げるように丁寧に塗る。

「真夏の太陽みたいだ」

中心から光が広がるように潤の裂傷は四方八方に広がっていた。昨日より更に多く、しかも長くなっている。昨夜は見ることもできずにいた黒瀬だったが、今日は自分の仕打ちの結果を真正面から受け止めていた。

「染みたらごめんね、潤」

黒瀬の脳裏に、オークション会場のスクリーンに映し出された潤の窄みの画像が蘇る。固く口を閉じた桃色の窄みが、今は赤く爛れ、見るも無惨な裂傷の数々。そして、こうなることを予測していてそれを施した自分。ツーンと鼻の奥が痛くなった。

「赤く燃えている太陽だね。私は潤の花を太陽にしたんだ。ふふ、これはこれで美しい」

黒瀬の目頭に光るものがあった。しかしそれは潤からは見えない。

残酷な美しさが黒瀬の心に罪として突き刺さった。黒瀬の心は潤を最初にレイプしたときから泣いていた。今日の行為で更に酷くなった傷を真正面から捉えたことで、堪えきれず涙がこぼれた。それを悟られまいと、黒瀬の言葉は更に軽くなる。

「感じてる？」

「な、わけないだろっ！　痛いから、さっさとしろよ」

あまりに優しく丁寧に施されるから、傷に入り込んだ軟膏と指のソフトな動きで、潤のソコはむず痒くなっていた。

「もう潤は我慢ができないから。ちゃんと薬は付けた方がいいのに」

「いい加減にしろっ！　いつまで塗ってるんだよ」

はいはいと、黒瀬が終了し毛布を戻した。

「いつまで掛かっているんですか！　料理が冷めてしまいます。早くいらして下さい」

部屋の外から時枝の苛つく声が届いた。

「時枝が臍を曲げると大変だから、さあ行くよ」

黒瀬が潤の身体を起こし、バスローブの替えを着せると、

「立てないだろ」

所謂お姫様抱っこで、潤の身体を抱き上げた。

「てめぇ、おろせっ！　何、恥ずかしいことやってるんだよっ」

自由になる手で黒瀬の胸板を叩いて抗議したが、そのまま時枝が待つリビングダイニングへ連れて行かれた。

「時枝、これ何？」

「クッションです」

「ドーナツに見えるけど？」

「ええ、ドーナツ型ですから」

「潤を降ろしたいから、その変なもの除けてくれない？」

「そこが、市ノ瀬さまの席です。そのクッションの上に降ろして下さい」

「潤は、ドーナツが好きなのか？　小物にこだわるくらい好きだったのか？」

「別に俺は…」

潤は別にドーナッツに何の拘りもない。潤も何故わざわざ時枝が、ドーナッツ型のクッションを用意しているのか理解できなかった。

「あの、お二人とも私をからかってます？　何故このクッションを用意したか本当に解らないのですか？」

「わからない」

二人一緒の二重奏の反応に、時枝が小さく『マジかよ』と呟いた。もちろん、二人には聞こえないように。

「これは、痔持ちや出産直後の女性には必須アイテムです。市ノ瀬さまのお尻は多分、これがないと椅子には直に座れない状態だと思いますよ。あの喘ぎ声からすれば、社長の日本人離れの一物を今日も何度も突っ込んだのでしょうから。違いますか？」

「さすがに、時枝だ。気が利く」

嫌味な気の利かせ方だ。俺には余計なお節介に思える、と潤は黒瀬の感心に内心で反発していた。時枝に尻の心配までされることが面白くなかった。

「もうなんでもいいから、早く降ろせよ」

「はいはい」

黒瀬がドーナッツ型クッションの上に、ゆっくりと潤を降ろした。

確かに患部が直接椅子に触れないので、かなり痛みは半減された。時枝の気遣いを素直に喜べない潤だったが、それでも助かったことは事実だ。

テーブルの上には色とりどりの料理が並んでいた。黒瀬と時枝は洋食で、潤の前にだけ和食料理が並べられている。お味噌汁に大豆の煮物、高野豆腐、ヒジキ、昆布の佃煮、ほうれん草のお浸し…定食屋にでも迷い込んだと思わせる品々だ。

「なんで俺だけ……ここ日本じゃないよな」

「メインはレバーにしたかったのですが、新鮮なものが入手できなかったので、こちらのヒレステーキをどうぞ。あとは和食にしました。食材はこちらでも入手可能です。ここはシティなので、値段ははりますが、結構日本と同じ物が手に入ります。和食の方が鉄分が豊富な食材が多いので、市ノ瀬さまの食事は当分和食にさせていただきます」

…よかった…和食、食べたかった……でも、当分ってことは、やはり、ここにずっと監禁されるんだろうか？　もう、こっちに来てからどのくらい経つ？　日本に帰国できる日が来るのか…？

「潤、眉間に皺寄せてどうしたの？　食べないと冷めるよ。私に食べさせて欲しいなら、素直にそう言いなさい」

「結構です」

「遠慮はいらないよ？　私の子猫ちゃん」

「子猫って言うな！」

箸で黒瀬を指し、抗議した。

「行儀が悪いです、市ノ瀬さま。箸で人を指してはいけません。もちろん指でもですけど」

「わ、悪かったな。失礼しました！」

子どもでも知っているようなことを時枝に注意され、潤の顔が瞬時に赤くなる。しかも非常識なことをしている黒瀬の片腕からだと思うと、腹も立つ。

「はいはい、仲がいいのは知ってるから、二人とも食事は和やかにね」

「よくない！」

「よくありません」

同時に答えた二人の顔を黒瀬が見比べ、くすっと笑う。

「時枝までムキになることないと思うけど。意外と大人気《おとなげ》ないよね、時枝も。では、子猫改め可愛い潤と、可愛げのない時枝と、三人の楽しい夕餉《ゆうげ》を始めよう。潤、しっかり食べなさい」

言われなくても食べてやる！

誰が遠慮なんかするものか！

体力付けてさっさと逃げ出してやるんだからなっ。

「いただきます」

手を合わせてから箸を持ち直した潤を見て、黒瀬と時枝が顔を見合わせ固まった。

そして同時に笑い出した。

「あ〜あ、やっぱり潤は…」

「ははははっ、さすがです…あぁ、もう腹が痛い…」

二人揃って、何だっていうんだ。また馬鹿にしてるのか？　感じワリィ。知るか、気にするな。こいつらと、まともな会話なんか、成立するはずがない。無視して食ってしまえ！

潤は腹を抱えて笑う二人を尻目に、一人黙々と食事を続けた。

先に食べ終わった潤は、席に着いたままだった。

別に二人が食べ終わるのを待っているのではない。自力で立とうと試みたが、腰に力を入れると痛みに負け、動けなかったのだ。

これじゃあ、手足に枷がなくても、痛みという鎖で繋がれているのと同じじゃないか。この傷が、痛みを感じなくなるまで治るのに、何日要するのだろう。毎日、黒瀬に犯されてたら、治るものも治らないんじゃないのか？　こいつ、それが解ってて二日連チャンで俺を嬲ってるんだろうか？　それに…これ……

バスローブの上からそっと左胸に触れてみた。

「つっ」

丁度、ピアスの石の部分に手の甲が当たり、揺れて疼いた。

「何？」

「何でもない」

「ご主人様に隠し事はいけないよ、潤」

黒瀬は手に持っていたコーヒーカップを置くと、潤の顎に指をかけ上を向かせた。

「誰がご主人様だって？　いい加減にしろ！」

「潤も意外としつこいというか、往生際が悪いというか。どんなに認めたくなくても、その事実は変わらないから。きっと潤もそのうち理解するよ。本当は恋人同士が良いんだけどね」

「真夏に雪が降っても、それだけは絶対ないからな！　何で男の俺がお前の恋人にならないといけないんだ。憎い人間と恋人になれるかっていうんだ！」

ん？　一瞬黒瀬の目が曇った気がした。

気のせいだろ。こいつが俺の言ったことで落ち込むなんてことはあり得ない。

「ふぅん、潤は結構強情だ」

「うっ、」

顎を掴まれ上を向かされた潤の唇を、黒瀬が自分の口で塞いだ。

黒瀬を押しのけようと黒瀬の胸に手を突っ張ったが…

舌が絡み、顎を掴まれているので逃げられない。コーヒー味の黒瀬の舌の動きに思考が止まり、潤の腕から力が抜けた。黒瀬の巧みな舌使いに、カーッと身体の奥から熱が上がり、左乳首と潤の中心が疼く。

キスだけで追い上げられて、押しのけるために伸ばした潤の腕が、無意識に黒瀬の背に回る。

「憎い人間とも口吻できる潤は淫乱？」

ハッと我に返った潤の顔が一瞬で朱に染まる。

涙目でまだ至近距離にある黒瀬の顔を睨み付けると、潤の手が飛んだ。

避けない黒瀬の左頬に潤の平手が決まった。掌がジンジンするほどの力が籠もっていたので、黒瀬の白く美しい肌が赤くなった。

「お前なんか…お前、な…んか、うっ…、馬鹿ヤローッ！！！」

叫ぶなり、潤の目から大粒の涙がこぼれ始めた。

涙を止めようとはせず、幼子のように、なりふり構わず泣き出した。

時枝は二人を無視して、一人静かに食事を続けている。二人の間には割って入ろうとはしない。黒瀬と潤の間で、時枝の存在はなかった。

「そうだね、潤。私のせいだね」

天井を向いて、吠えるように泣き続ける潤の側に黒瀬が立つ。

「うっ…お前の、せいだっ、お前が俺を…クソッ…あぁああ…」

ここに来て二回目の潤の涙だったが、潤は自ら泣くことを止めようとはしなかった。込み上げてくる黒瀬への怒りと、その黒瀬とのキスに感じてしまった羞恥と、拉致られてからの出来事の数々が脳裏で交差し、もう自分では感情をコントロールできなかった。

黒瀬が椅子の後ろから、咆吼している潤を包み込むように抱きしめる。その腕を振り払おうと潤が身を捩るが、黒瀬の腕は潤を包んで決して放さなかった。

「泣いていいから。我慢しなくていい」

「ぅおぅうう、くっ、ひっく…お前、なん…か、くろせ…なん…か…うっ」

「嫌いなんだろ？」

「…くっ」

「憎いんだろ？　よしよし。潤は何も悪くないから、憎んでいいんだよ。辛いこと全部、私のせいだからね。痛いのも苦しいのも身体が感じるのも私のせいだから……好きなだけ泣いていいんだよ。我慢なんかしなくていい。泣くのは恥じゃないから、ね」

優しく耳元で響く黒瀬の声が、更に潤の心と涙腺を刺激する。自分が二十歳過ぎの成人男子であることを忘れ、潤は泣きじゃくった。

ポタポタと熱い涙が、黒瀬の腕を濡らす。

「あの、お取り込み中すみませんが、盛り上がるなら部屋に戻っていただけますか？　まだ食事中です」

冷ややかな声で、時枝が二人の中に割り込んできた。その声に更に潤の感情が昂ぶる。

「あぁあああ、ひっ…こいつ…嫌いっ！　ヤダッ、ここ…やだぁあ――」

もう完全に潤は幼児と化していた。感情のままを口にする。

「はいはい。潤、戻るよ。これ、もらっていこうね」

泣き狂う潤を抱え、ドーナツ型クッションを手に取り、黒瀬はその場を離れた。

「やれやれ、やっと静かに食事ができる……にしても、社長に母性を感じた。……いや、気のせいだ」

時枝は一人、何事も無かったかのように食事を続けた。


「ベッドでもこれがあった方が楽だよね」

ちょうど腰がくる辺りにクッションを敷き、その上に泣きやむ気配のない潤を降ろした。黒瀬もベッドに上がり込み、潤の背もたれになるよう、潤の後ろに座った。

「――ひっく、俺は何も…してないのにっ…俺を…元に……戻せっ…っく……」

「好きなだけ泣けばいい。好きなだけ私を憎めばいいから。全てを俺が、いや私が受け止めてあげるから。今までのこともこれからのことも、私が全て原因だし、苦しみを与えるのも悦びを与えるのも全て私だけだから。もう他の誰も潤を傷つけないから。潤は何もしてないし、何も悪くない。これからの辛い日々も私が全て原因だから」

これから？

これ以上、まだ何か？

黒瀬の本音が見え隠れする囁きの中で、潤の耳に残ったのはそれ以外の部分だった。

「…う…わぁああああ……くろせぇええっ！」

「ここに居るだろ？」

潤が倒れないように黒瀬が掌で潤の背中を支え、自身の身体を潤の前方に移した。

その黒瀬の身体を潤が拳で打つ。左右の手で交互に涙の雫を振り散らしながら、どんどんと叩く。潤の拳を胸で受け止めながら、黒瀬の両手は潤の背をさすっていた。

「よしよし。良い子だ、良い子だ。我慢していた分を全部吐き出してしまえばいい」

――明日も続く甘くて過酷な日々の前に……

決してこの二日だけで潤への行為を終わらせようとは、黒瀬は思っていなかった。まだ、ほんの手始めに過ぎない。もっと苦しめる結果になるかもしれない。もっと自分は憎まれ忌み嫌われるのかもしれない。しかし、中途半端で終われば傷しか残らないことを、黒瀬は知っていた。

違う形だが彼もまた、今の飄々とした黒瀬になるまで、尋常ではない人生を送ってきた。

決して平坦な人生で手に入れた今の座ではなかった。そして、それを共に過ごしてきた時枝は、黒瀬が何も言わなくても、何をしようとしているのか見抜いていた。

だから、止めもしない。

ただ、黒瀬の言うがままに協力している。

オークション会場に向かうとき、一度は念を押した時枝も、今回このアパートメントホテルの一室での黒瀬の狂気とも思える行動には、一切口を出していない。

時枝の中には、黒瀬の想いを潤に分かって欲しいという気持ちが強いが、黒瀬にはそれすらなかった。ある意味無償の愛を注いでいた。それくらい潤の存在が、黒瀬には大きくなっていた。

「はい、お疲れさまです。ブランディ入りです」

時枝が黒瀬にコーヒーを淹れた。

疲れが見える黒瀬の為にアルコールを入れたものだ。

「子猫は落ち着きましたか？」

「あぁ。泣き疲れて、また寝てしまった」

「寝るか食べるかあなたに犯られるか、それだけで一日が過ぎてますね。まだ八時前ですよ？」

「今日も疲れさせたから、どんなに寝ても足りないんじゃない？　しかもあれだけ泣けば……」

「泣けば…って、社長が泣かせたんじゃないですか。顔、まだ腫れてますよ。二回のビンタじゃ、色男も台無しですね。避《よ》ければいいものを」

「ふふ、そうだね。避けてあげても良かったけど、潤ばかり痛いのも可哀想じゃない？　叩きたいなら叩かせてあげようと思って」

「冷やした方がいいと思いますが」

「いや、このままでいい」

「あれだけ泣けば、少しは楽になったでしょ。社長の子猫はプライドが高く、痛みでは泣けても他の辛さは溜め込むタイプのようですから。起きたら案外気分はスッキリしてることでしょう」

「だといいけど。あぁ、美味しい…。時枝ってあまり取り柄はないけど、料理や飲み物淹れさせたら抜群だよね」

あぁそうですか。

他に取り柄がないんですか。

これでも尽くしているつもりなんですけど。

「ありがとうございます」

「もう店は閉まっているかな？　買ってきて欲しい物があるんだけど」

「他に取り柄はないですが、おつかいぐらいはできます」

かなり嫌味を込めて時枝が言う。

「えっと、紙とペンくれる？」

ハイと時枝が黒瀬にメモ用紙とボールペンを渡した。そのメモにスラスラッと黒瀬が何やら記した。

「これ、頼むね。今日俺が行った薬局ではなかったから。やはりこっちでも専門の店しかないみたい」

「……」

「どうした？」

「…これを、私が……ですか？」

「おつかいぐらいはできるって言ったよね。これを買ってくるぐらいの英語力はあると思ったけど。別に日本語と同じ単語で通じるはずだよ？　通じなかったら用途を説明してみれば？

同じタイプのがいいから。できれば色も大きさも。なんなら図も描こうか？」

「結構です」

「あ、襲われないようにね。そういう嗜好の客もいそうだから」

「目の前に、いますけど。そういう嗜好のお方なら。心配ご無用です」

「じゃあ、頼むよ」

「行ってきます」

渡されたメモをぐしゃりと手に握り潰すと、時枝はコートを羽織りアパートメントホテルの部屋を出た。

…今日、自分が出かけたとき探せば良かったんじゃないのか。あんなジェリーは売ってても
コレが無かったというのか。どうなってるんだ、こっちの薬局って！

そもそもなんで俺が買いに行かされるんだ？

この手の店を探して、買ってこいということだろ？

夜のロンドンをアダルトショップ探して一人彷徨《うろつ》けと。

ホーニーなジャパニーズが買いにきたぜ、と思われるんだろうな……しかもゲイか変態だと。

…俺は至ってノーマルなんだぞ？

はあ。でも……

買いに行かされる俺とこれを使われる市ノ瀬とじゃ、俺の方がまだマシか？

あの青年もこういうことと無縁の世界に居たんだろうに……

潤のことを思えば、これくらい何でもないことか、と考え直した時枝だった。

「おはよう、潤。朝だよ、もう朝食できてるよ」

身体が…痛い…

「寝過ぎると身体が溶けるよ？」

そんなこと聞いたことないぞ！

「しょうがないな、突っ込むよ」

起きてるっていうんだ……開かない。

瞼が上がらないんだよっ！

「起きてるよっ。五月蠅《うるさ》いな、目が開かないんだよ！」

「昨日泣きすぎたからね、目やにで塞がっちゃったかな？　開けてあげよう」

そ、そうだよ。俺ワンワン大泣きしたんだ。

こいつの前で。目なんか開かなくていい。どの面下げて会えっていうんだ？

「こっち向いて」

声のする方を向く。すると両の頬に手を掛けられた。黒瀬の息遣いを間近で感じていると、ヌルッと温かい物が瞼のあわせを這う。

「舐めるなっ！」

潤の抗議を聞き入れる気はないらしく、左右の閉じた目のラインを舌が進んだ。

ネットリとした唾液と引き換えに、やっと潤の目が開いた。すぐ前に黒瀬の顔があり、心臓がドキッと鳴る。

「おはよう、ふふ、凄い顔になってるよ。あとで瞼を冷やしてあげよう。鏡見たら驚くよ。それはそれで可愛いと思うけど」

一体俺の顔はどうなっているんだ？

「起き上がれる？」

今日も昨日に増して痛みが走る。しかし、歯を食いしばって上半身を起こした。

「その顔で踏ん張ると、凄い…迫力…」

誰のせいだと思ってるんだ？

「ベッドから降りるのは無理じゃない？」

身体を起こせたんだ。また抱っこされたんじゃたまらない、と潤は黒瀬の伸ばした手を振り払って、自力で立とうとした。ベッドから脚を何とか降ろし、立ち上がろうとした瞬間、突き刺さる激痛と、閉じた傷がメリッと割れた音を感じた。

「くっ」

そのまま目の前の黒瀬に倒れかかった。

「最初から甘えればいいものを、潤は強情だよね」

何で俺がお前に甘えるんだよ。

「行くよ。今朝も潤だけ和食みたい」

結局、昨夜同様、お姫様抱っこで潤は運ばれた。

「おはようございます、市ノ瀬さま。プッ、何ですかその顔は」

人の顔見て朝から笑うなっていうんだ。朝から嫌なヤツだ。

「時枝、潤が傷つくだろ？　この顔も十分可愛いと思うぞ？」

「はいはい。そのお顔も十分素敵です…ぐっ」

時枝が、一生懸命笑いを堪えている様が、余計潤の神経を逆なでる。

今日も潤はドーナツ型クッションが置いてある椅子に降ろされた。

「さぁ、召し上がれ。潤は残さず食べるんだよ」

言われなくても全部食べるさ。腹は減ってるし、体力も付けたいんだから。

それにしても、ここは温泉旅館かっていうメニューだよな。これって、温泉卵だろ？　納豆もある。俺の分だけ違うの作るのって、面倒じゃないのか？　ホント、時枝って嫌なヤツだけど、この完璧な料理には感心する。

「いただきます」

手を合わせ、感謝の意を表したあと、食事を始めた。

例の如く、黒瀬と時枝は顔を見合わせていた。

朝食は、潤の方が食べ終わるのが遅かった。先に食べ終わった二人は新聞を見たり、コーヒーを飲んだり、とリラックスしていた。席を立たないところをみると、潤が終わるのを待っているのだろう。

「ごちそうさまでした」

「本当に、市ノ瀬さまって変わってますよね。余程ご家庭での躾が良かったのか、それとも只の天然か」

「うるせえ。料理に罪はないし、作ってくれたことには感謝してるんだ。大変じゃないのか？　俺だけ別って？」

「仕事ですから。特に感謝の必要はありません」

「だとしても、お前は俺の部下じゃないし、俺より年上だし、俺は俺の仁義を通すんだ。馬鹿にしたければ、すればいい」

「やだな、仁義だなんて。潤ったらヤクザ映画好きなの？　もう時枝も潤を刺激しないの。潤も時枝はただ感心してるだけだから、気にしないの。潤は私のことだけ考えていればいいんだよ」

時枝と潤の会話を聞いていた黒瀬が、口を挟んだ。

潤の口から出た『仁義』という言葉に黒瀬は内心驚いた。多分それは時枝も同じだろう。二人とも一瞬顔が強ばったのだから。

そんな二人の胸の内は知らず、潤がテーブルをバンと叩いた。

「トイレッ。小便、オシッコ！」

「潤？」

「行きたいんだよっ！」

昨夜もトイレに行かず寝てしまった。そして、朝食を食べ胃腸が働いた為か、猛烈な尿意とそして下腹の張りを感じていた。

何でトイレ行くのに断らないと行けないんだよっ。トイレぐらい一人で勝手に行きたい。

しかし助けがないと、移動ができない潤の身体だった。

情けないが、黒瀬にバスルームまで運んでもらった。

「立っては無理だよね。立ってしたいなら私がここで支えてようか？」

「助けはいらない。便座に降ろしてくれ」

「はいはい」

昨日は立てた腰も今日は無理で、女子のように座って用を足すしかなかった。

「もういいよ。出てけよ！」

「恥ずかしがらなくてもいいじゃない。ここで見守ってるよ」

「冗談は止めろっ。側にいられたら出るものも出やしないだろっ。オシッコぐらい自由にさせろ！」

ヤレヤレと、外国人風の仕草をしながら黒瀬が潤の側を離れた。

「終わったら、呼びなさい。ドアの前で待ってるから」

バタンと個室のドアが閉まり、ホッと一息つくと、潤の身体から勢いよく溜まっていたものが放出された。

尿意が治まると、便意だけが残った。

…出したい……

ここに来てからは一度も排泄してない。あの場所で意思とは関係ない排泄は何度もさせられたが、ここではない。十分な食事をとったので当たり前だが、全て腹に収まっている。

昨日も懸念したが、問題は痛みに打ち勝ち、出せるかということだ。

「っ、くっ…」

――駄目だ……

昨日よりも酷くなった裂傷が潤の意思を阻む。あの変なジェリーか何かがあれば別だと思うが、塞がりかけた傷口が力む度に裂け、強烈な痛みに襲われる。

無理だ…出せない……

我慢すれば、便意も消え、二、三日は持つのだろうか？

「潤、終わった？　まだかい？」

ドアの向こうから黒瀬の呼ぶ声がする。潤が呼ばないので、声をかけてきたのだろう。

「もういい。終わった」

水を流し、バスローブの前を合わせ、黒瀬が来るのを待った。排泄したいという身体の要求を無視しようと努力した結果、下腹に変な圧迫感を感じていた。

「潤、顔色が悪いよ。全部出した？」

「あぁ、スッキリした。もういい」

「もういいっていう顔じゃないけど？」

「いいんだったら。もう終わった」

「嘘ついても駄目だよ。ちょっと失礼するよ」

黒瀬の手がバスローブの下に入り、潤の下腹部を押すように触ってきた。

「何日出してない？」

「え？」

「尿以外、出してないよね？　出ないの？」

「そんなこと、お前に関係ないだろ！」

「オシッコついでにしているものかと思ってたけど……オシッコにしては時間が掛かってたから……してないね、潤」

そんなことまで、詮索するな！

大体、誰のせいでできないと思ってるんだ？

「したくないんだよ！　ほっとけよっ」

「違うだろ？　痛くてできないんだろ？　排泄は無理そうだと思ってたけど……やっぱり痛みで出せないんだね？」

「……」

判ってるんだったら、もうほっといてくれよ。そんな心配までされるなんて真っ平だ。

「出すよ。出さないと駄目だからね。便秘になる。なると身体に毒素が回るから駄目だ。鳥だったら、死んじゃうよ？　可憐な潤の身体に不必要なものは溜めさせられないし、第一、潤は私のモノだから。できない原因が私が与えた痛みのせいなら、私が責任を持ってさせてあげる」

は？

何を言ってるんだ？

させてあげる？

よからぬ事が起きる気配を感じて、便座の上で潤はブルッと震えた。

「時枝、ちょっと来て」

黒瀬が時枝を呼ぶ。さらに嫌な予感がする。

「失礼します。ご用ですか？」

「冷蔵庫に牛乳の買い置きはある？　あとストローと、うぅ～ん、ワインのコルクか何かある？　昨日のリストに一式書いておけば良かったけどすっかり失念してたよ。代用品はこんなものかな？」

な、何のだよ！！！

「社長、全てありますが、その用途ってまさか……」

時枝がジロッと便座に座ったままの潤を見た。

「子猫の排泄のお手伝いに決まってるだろ？　飼い主としては心配だからね」

「いらないっ！　そんな心配はしてくれなくていいから。てめぇ、変なことしたらタダじゃすまねぇぞっ！　余計なことすんじゃねぇっ！」

大声をあげて抗議したが黒瀬は無視した。

「時枝、全てここに持ってきて」

「持ってくるな！　絶対持ってこないでくれっ、なっ、時枝さん」

「はあ、こういうときだけ『さん』付けで頼まれても…直ぐに持ってきましょう」

潤の懇願をきくこともなく、黒瀬の指示に従う為に、時枝はバスルームを出た。

「牛乳なんか何に使うんだよ！」

「グリセリンの代わり」

てことは、やっぱり、そういうことじゃないか。牛乳を腹にかけて冷やすとか、無理矢理飲ませて下痢させるとか、そういうことじゃなくて、あいつらにされたあのおぞましい行為を黒瀬にされるということじゃないか。

「嫌だっ！」

逃げてやる。そんなことさせるものか！

痛む身体に最大限の活を入れ、便座から離れようと試みた。激痛を忘れようと自らの腕を噛み、必死で身体を移動しようとして、便座から転げ落ちた。そこに黒瀬の腕が伸び、抱きかかえられる羽目となった。

バスルームの一番奥にあるバスタブの縁に、潤を抱きかかえたまま黒瀬が腰を下ろした。そして、軽くピシリと潤の頬を平手で叩いた。

「自分で自分の身体に傷を付けてはいけないよ。潤の身体は私のだからね。腕を噛み切るつもりだったのかい？　しかもこんな狭いところで転けたら危ないだろ？　潤の身体をね、私以外の誰にも傷つけさせる気はないから。それが潤自身でも許さないよ」

黒瀬らしからぬ強い口調に、潤は何も言えなかった。内心では『自分の身体をどうしようと勝手だろ』と思ったが、それを言ったら黒瀬から本気で叱られると感じた。言ってることはメチャクチャな人間だけど、潤の頬を打ったのは心配からだと素直に思え、言葉を発することができなかった。

しかし、だからといって羞恥の行為を受け入れることなど絶対に無理だ。

どうするんだよ。このままだと、されちまう……

時枝が運んできたら終わりだと、潤は黒瀬の腕の中で入口のドアを睨み付けていた。

「止めろ―――っ」

「暴れないの。傷が裂けるし危ないだろ。時枝、しっかり押さえて」

「はい」

バスルームに潤の拒絶の声が谺する。

細長い造りのバスルームの床にバスタオルが何枚も敷かれ、その上に潤が俯せに寝かされている。暴れるということで、手はタオルで一つに結ばれ、身体は時枝が押さえつけていた。

潤の太腿の間に既に黒瀬が陣取り、潤の窄みに軟膏を塗りながら指でマッサージしていた。

「少し柔らかくなったから大丈夫だろう。怖がらなくていいから。ストローは指よりも細いから痛みはないと思うよ」

違うだろっ！

それが痛くなくても、そのあとが……

もう何度も経験したんだよ！

「自分でちゃんとするから、便秘でもいいから、やめてくれ！」

「そんなこと言っても、できてないでしょ。潤、これが初めてじゃないだろ？　大丈夫、私は優しくするから」

「嫌だって言ってるだろっ！」

あの場所でのエネマを思い出し、潤の身体は小刻みに震えていた。

黒瀬が時枝が用意した牛乳を口に含む。そしてストローを口に咥えると、潤の尻を両手でぐいっと割った。露わになった赤く爛れた孔にストローの先を五センチ差し込んだ。

「あっ…ぐっ、バカやろ――――っ」

黒瀬の口腔内で少し温められた牛乳が、ストローを通り、潤の中へ注入される。

「うっ」

腸内に牛乳が流れ込む度、潤から切ない声が漏れる。

覚えのある感触に体中の毛穴が縮みあがる。

黒瀬の口が一度に含む量に限りがあるため、何度も含んでは注入の繰り返しだった。

「…く、るしいっ…」

「あまり入れすぎるのも良くないから、一リットルぐらいかな?」

ストローから口を離した黒瀬の手には、ワインのコルクが握られていた。

まだストローが突き刺さったままの窄みがひくついている。

「潤のここは花器みたいに、何でも映えるね。ストローが刺さっているだけで、エロチックだよ」

「…腹が…苦しい……」

「まだ、駄目だからね。我慢しないと、効果がない。栓をしてあげよう」

ストローを抜かれ、それよりも数倍太いコルクを差し込まれた。

「注入直後の排泄の欲求は一時的なものだから辛くても我慢しないと、全部出せない。苦しくても我慢してもらうよ」

黒瀬の右手が、外れないようにとコルクを押さえ、左手が潤の腹部のマッサージを始めた。

黒瀬の合図で時枝が潤の手を自由にする。

黒瀬の手が潤から離れることなく、時枝によって潤の身体は仰向けにされた。

マッサージに合わせ、液体で満たされた腸が顫動《せんどう》する。徐々に腹痛も始まり、内部の全てを排出したいと身体の欲求が潤を苦しめ始めた。冷や汗が出る。黒瀬の掌の下でキュルキュルと音が鳴り、苦痛の中で羞恥が潤を襲う。そんな音を黒瀬や時枝に聞かれることも、この先を見られることも、知らない男達に囲まれていたとき以上に潤には屈辱的だった。

手足の指をくの字に曲げ、潤は悶え始めた。

もう排泄口の痛みなど構っていられない程、潤の限界が近づいていた。

「あと、もう少し我慢して」

辛くて、涙が滲んでくる。

黒瀬の前で排泄なんてできないという意思に反し、コルクを押しだそうと括約筋が動く。

黒瀬の力でどうにか留めている状態だった。後ろには時枝もいる。二人に自分の汚物を見せることは、何が何でも避けたかった。

しかし、便座まで一人で行けそうもないし、かといってこのままだと、床を汚してしまう。何度もされた行為だったが、慣れている訳ではない。あのときの潤は心を閉ざすことで何も感じないようにしていただけだ。それが、今はできなかった。

黒瀬が下腹部に与える人肌の温もりが、潤を逃避させなかった。

「…っ…苦しい…っ…もう……」

どうしていいのか分からない。絶対に二人の前では嫌だという思いと、出したいという苦痛を伴う欲求が潤を責める。

「潤、そろそろだね」

「…やだっ！…一人が…いいっ、――出て行けっ…！」

「無理言わないの。便座に運んであげるから。ちゃんと私がコルクも抜いてあげる」

「いやだっ！　うっ…」

時枝の顔が目の端に入った。言葉にならず、出て行けと、目で時枝に訴えた。

「時枝、もういい。あとで呼ぶから、人肌のお湯をたっぷりと新しいストローを用意しておいて」

潤の視線の先を黒瀬が察して、時枝をバスルームから追い出した。

「私だけだから、ね、潤。我が儘言わないの」

遂に潤の身体が限界を超えた。

顔が蒼白になったのを黒瀬が捉え、震える潤の身体を便座へと移動した。便座に腰掛けさせ、太腿の間から手を入れコルクを抜く。括約筋がギュッと収縮し、直ぐに放出はしなかった。

「よく頑張ったね、潤」

潤の真横で囁くと、黒瀬は自分の胸に潤の顔を抱き寄せ、背をさすった。

――その瞬間……、

潤の身体から、牛乳と混ざり液体となった内容物が放出されている間、黒瀬が潤の耳を塞ぐように腕を回し、潤の頭部をしっかりと自分の胸板に押さえつけていた。

その胸から潤の嗚咽があがる。黒瀬の胸が濡れていく。潤は泣いていた。

音と視界を遮られても排泄している事実は変わらず、立ち合われていることが辛くて情けなく、涙が込み上げてきた。しかし羞恥で屈辱的な行為も、黒瀬の胸の中で行われていると思うと、あの場所でのエネマと違い、その先の得体の知れない恐怖はなかった。

羞恥と屈辱、それに反する黒瀬から受ける安堵感、相反する感情が、なかなか終わりを見せない放出の間中、潤の涙を押し流していた。

「良い子だ、潤。全部出し切った？」

胸に潤を抱きしめたまま、黒瀬が語りかけた。

「………」

「傷に染みたかもしれないけど、裂けてはないと思うよ。一回お湯で拭いておこう」

「…汚いから、いい。自分で拭ける…」

顔を伝わり落ちる涙をぐいっと黒瀬の胸に擦り付け、半ば放心状態の潤が抵抗を口にする。

「何が汚いの？　潤の身体は中も外もそして身体に入ったものも出てくるものも、全て綺麗だし、全て私のものだ。このあと腸内洗浄もしないと駄目だから、私がしてあげる」

「…腸内、洗浄…」

そこまでするのか…？

「内部にも傷があるから、綺麗に洗浄しとこう。雑菌が心配だしね。潤は何も心配しなくてもいいし、考えなくていいから、身体を預けなさい」

好きにすればいいさ……

別に自暴自棄になるつもりも現実逃避するつもりもなかったが、この場は黒瀬に自分を預けた方が身も心も楽な気がした。

時枝が呼ばれ、お湯と新しいストローとコルクを運んできた。しかし時枝がその場に留まることはなく、あとは全て黒瀬の手により施された。

黒瀬に全てを委ねる事に安堵感を持ち始めている自分を自覚した、連れてこられて三日目の朝だった。


「社長、お茶です。日本茶を淹れてあります」

「ありがとう」

「どうです、傷の具合は？」

「十分ゆるくなってたから、裂傷が酷くなることはなかった。でも痛かったとは思うけど、本人はそれどころじゃなかったみたい」

「でしょうね。排泄調教済みということでしたが、あれでは他の客に落とされていたら、精神壊してますね。今回もハラハラしましたけど」

「俺だったら、別に時枝に浣腸されても平気だけど、潤は繊細だから」

「しません！　そんなことは絶対この先起こりません」

「嫌だな、ムキになって。ただの例えだろ。そんなことより、潤の母親と連絡を取りたい。まだ戻ってないのか？」

「新婚旅行といってもクリスマス休暇も兼ねているようでして、一月にしか戻ってこないようです」

一体、母親と何の話をするつもりだ？

お宅の息子さんを自分が買いましたとでも言うつもりか？

「そんなことより、またちょっと不穏な動きがあるようです。オークションで社長が億の金を出して自分の恋人を救助したと一部噂になってまして、すっかり弱みと思われているようです。ブルーが直接ということはないと思いますが、その下がブルーのご機嫌取りに市ノ瀬さまの近辺を洗っている節があります。ここは安全ですけど」

「下っ端ほど、怖いモノ知らずだからな。俺とグリーンの関係も知らないだろうし」

「あの秘密クラブのオーナーはグリーンを存じてましたが、下の下ともなると、グリーン自体を知らない可能性が。こちらでは、ブルーの方が名が通ってますから」

「あぁ」

少し冷めたお茶を黒瀬が啜る。

「クリスマスの街並みを潤と二人で出かけたかったのに……無理か。潤には可哀想だけど、帰国までここから一歩も出せない。キャンキャン吠えられそうだな」

「クリスマスって、何をロマンティックなことを言ってるんですか。あの雄花は身体が元気になると、絶対抜け出そうとしますよ？」

「元気になったら、俺から去ろうとするかな、やっぱり…」

いつになく寂しそうに黒瀬が呟く。

「そうでしょうね。でも、」

言い掛けて止めた。

「でも何だ？」

「何でもありません」

去ろうとするだろう、離れようとするだろう、でもあの青年は黒瀬の元に残る。

本人さえ自覚すれば、残る。

今日の潤の様子で、時枝の中の推測は確信に変わった。客観的に物事を見ることに長けている男の目は、黒瀬への信頼と思慕が確実に潤の中で芽生えていることを見逃さなかった。

「言いかけて止めるなんて、ホント時枝は可愛くない」

絶対言ってやるものか！

ええ、ええ、どうせ俺は子猫と違い可愛くも可憐でも愛されてもいませんから。

別に可愛いと言われたいわけではないが、いつも言われっぱなしなので、この時とばかりに、黒瀬の喜びそうなことを教えるのは止めた。

「あなたに可愛いと言われても嬉しくないので、結構です」

「だろうね。母に言っておくよ。時枝が意地悪をすると」

時枝の顔色が変わった。

「ふふ、相変わらずだ。未だ弱点だよね」

「何のことだかわかりません」

そういうヤツだった、この男は。絶対やられっぱなしでは終わらない。もう寂しそうな表情も消えてやがる。

「ま、いいけど。潤の母親が戻らないなら、滞在先に電話入れるか。調べておいてくれ」

「分かりました」

「じゃあ、俺は潤の側に戻る。午後からレッスンだから」

「はい？　何のですか？」

「決まってるだろ？　愛のだ」

「訊いた私がバカでした。ランチはどうしますか？」

「潤は食べられないと思う。俺はいらない」

「わかりました。ごゆっくりどうぞ」


「隣に入れて」

黒瀬が潤と揃いのバスローブに身を包みやってきた。初日の強姦を思い出させるバスローブ姿に潤は一瞬ゾッとした。

「スッキリしただろ？」

潤の隣に入ってきた黒瀬が潤の下腹を触る。変な張りはない。

「触るな！」

「怒っているの？　別の場所もスッキリさせてあげるから、機嫌直しなさい」

嫌な予感が潤を襲った。

黒瀬が潤の上から毛布を剥ぎ、バスローブを一気に剥いた。

「なっ」

に、するんだ…

潤の腿に跨った黒瀬が上半身を前に倒し、潤の手首を押さえつけた。

下着を着けてない黒瀬の性器がバスローブの袷からはみ出し、潤の性器に微妙な角度で触れている。下生えの感触とまだ柔らかな男根同士が触れ合う感触で、潤の顔が朱に染まる。

「暴れないでね。時枝呼びたくないから」

「放せっ！」

押さえ付けてくる黒瀬の手を振り払おうと手首に力が入る。

「暴れないなら、放してあげる。どうする?」

答えるかわりに手首の力を抜いた。

黒瀬の手が離れた瞬間、潤の右手が黒瀬の左の頬に飛んだ。

「ホント、潤は私をビンタするのが好きだよね。いつも左ばっかりだから、たまには右も叩けば? ほら」

左頬をさすりながら、右頬を黒瀬は差し出した。躊躇なく潤の左手が飛んだ。

「つっ、痛いな。もう潤は、こういうときだけ素直だよね。気が済んだ? じゃあ暴れないで身体の力を抜いてごらん」

左右の頬を叩かれたというのに、黒瀬は何故か嬉しそうな表情を見せた。

潤は黒瀬の下でそれ以上暴れることはしなかった。どうせ何かされるなら、黒瀬一人の方が良かった。自由になった潤の手は、ベッドの上に投げ出されていた。

「痛いことすんなよ。あと突っ込むなよ!」

「何を? どこに?」

「知るかっ!」

カーッと潤の顔が赤くなる。

「ふふ、可愛いね、潤は。なんだか突っ込まれたいと言っているように聞こえる。今日は挿れないつもりだけど？　挿れて欲しい？」

「んなわけないだろっ」

男達に言われたんだよ。

玩具として買われたら、浣腸のあと普通は何されるかってな。じゃあ、さっきのは本当に俺の便秘の心配だったっていうのかよ。

「スッキリさせるって言っただろ。どこかは判るよね？」

この状況だと…ソコしかないよな…

「あっ」

黒瀬の手が、潤の左乳首のピアスを引っ張った。ジンとした痛みが走る。

「アメジスト、似合ってる。ピアスを通すと乳首が敏感になっただろ？」

今度は黒瀬の口がピアスごと潤の乳首を含んだ。ネットリした生温かい舌先で転がされ、甘い痛みと疼きが乳首と下半身を襲った。

「気持ちいい？」

「…なわけ、ない…」

「嘘つきにはお仕置きだ」

ガリッとピアスの通ってない右乳首を噛まれた。

「うっ」

「痛みも気持ちいいだろ？　ふふ、潤の口が嘘言っても、ココはＹＥＳと言ってるよ」

黒瀬の手が潤の性器に伸びた。

「神経は繋がっているからね。もうほぼ完勃ちじゃない？　潤は乳首弄られるの好きなんだ。潤が感じてくれて嬉しい。淫乱さん」

「誰が、淫乱だ！　ふざけるなっ。あぁ」

黒瀬の手がアメジストを引っ張った。

「乳首がそんなに感じるのは淫乱だよ？」

ふふっと笑うと、黒瀬は身体を後方に少しずらした。

「っあ」

やめろっ！

黒瀬の口が潤の性器を咥えた。

スッキリって、『手』じゃなかったのか⁉

厚くて柔らかな滑った舌が潤を更に追い詰める。根元から亀頭、裏筋から尿道口まで、攻めてきた。ふんわりとした黒瀬の髪が下腹と大腿部の上を滑り、それがまたゾワッと微電流となって更なる快感を潤に与える。

なんで…男の物が…咥えられるんだ…うっ…気持ち良すぎだろっ……

段々と黒瀬の動きが速くなる。自分のモノがピクピクと呻ってくるのを感じる。もう近い。このままだと黒瀬の口内に射精してしまう。

「ど…けろっ、もう」

潤の手が黒瀬の頭部に伸び、退けようとするが、黒瀬の口から逃れることはできなかった。射精を促すように意地の悪い動きを黒瀬の舌がする。

「やばっ、いんだよっ…どけっ、たら、どけっ、あっ！」

イってしまった……

「バカヤロ――……！」

黒瀬が顔をあげた。黒瀬も興奮しているのか、顔が上気してほんのり赤味を帯びている。そしてその喉元がゴクリと動き、口の中のものを嚥下した。

「んなもの、飲むなっ」

「っふ、味わっちゃった。ご馳走さま。どんな味か知りたい？」

「知りたくないっ！　この変態っ！」

「教えてあげる」

何？

黒瀬の唇が潤の唇を塞いだ。

まだ潤の精液が付着した舌を突っ込まれ、嫌でも自分の味を知らされた。

青臭い匂いと共にはしる苦み。

「やめろっ、このド変態が！」

黒瀬の顔を押しのけた。

「スッキリした？　かなり出たよね？　昨日あれだけ出したのに、たくさん溜まってたね。やっぱり潤は淫乱だよね」

「違う！　お前が…う」

「私が何？」

「…上手い……」

聞こえないような小さな声で呟く。

俺のせいじゃない。こいつが上手なんだ。

潤の言葉を受けて、黒瀬の目が満足そうな輝きを放った。

「お褒めいただいてありがとう。お手本だからね、今のは。上手くないと教えられないだろ？」

お手本？

教えるって、それって、それって、もしかして…

「今度は潤が私をスッキリさせる番」

「俺に、咥えろっていうのか⁉」

「大丈夫、最初は下手でもいいから。潤のお口にはちょっと大きいサイズだから頑張って」

「てめぇ、変な自慢してんじゃねぇぞ！」

「やだな、潤。事実だろ？」

…確かに…でかい……って、そんなこと言っている場合ではない、と潤は頭を振る。

潤を跨いだ形で黒瀬が迫り上がってきた。バスローブから垂れた一物が潤の肌を滑るように上がってきた。本当に顔に似合わない凶暴な形状と色をしている。

潤の首でそれが一旦止まる。先端が潤の喉仏を押して遊んでいる。

ムッとした黒瀬の雄の匂いが漂ってきた。

「潤、可愛いお口を開けて」

素直に「はいわかりました」って開けられるものじゃない。

男のモノを咥えたら、もう元には戻れない気がした。暴行されるよりピアスを着けられるより、自分が許せなくなるような気がした。

されるのではなく、自らする行為。

しかも今日は薬の言い訳もできない。開けたら最後という思いが潤の唇を閉じたまま動かなくした。

「潤、開けなさい」

黒瀬の先端が唇の上に乗ってきた。

押し込もうと上から力をかけてくる。

「開けなさい」

黒瀬の声が低音になった。

「開けないなら…」

時枝を呼ぶんだろ、と思ったら違った。

潤の鼻を黒瀬がつまんだ。鼻呼吸を止める気らしい。

肺活量には自信があると思ったが、酸素の吸い溜めをしていたわけでもなかったので、結果、一分で顔を真っ赤に膨張させる羽目になった。

——もう…、無理っ、死ぬ………

ビシッと黒瀬の平手が潤の頬を打つ。

「死ぬよ」

その声で潤の唇は酸素を求めて開いた。

はぁっと息を吸い込んだ途端、

「ぐっ」

黒瀬の雄芯が口の中に侵入してきた。

やっと呼吸ができたのに、また口内と喉の入り口を塞がれ、思うように息ができない。

「息は鼻でしなさい」

鼻から手は外された。

「噛んだら殺すよ？」

とうとう口の中まで犯された、と潤は元に戻れない自分を感じた。忘れたフリはできても、男のモノを口に含んだ事実を脳内から追い出すことはできないだろう。入れられた以上、達《イ》かせないと終わりはこない。黒瀬のモノをフェラするしかないのだ。

もう、本当に俺は黒瀬の所有物なんだ…と、ツーッと涙が一筋こぼれた。

「今日は私が動かすから、潤は舌を這わせてごらん。どこが敏感で気持ちがいいかわかるよね？さっき私がしたことを思い出して」

黒瀬が腰を落としたり退《ひ》いたりして、深さを変えてくる。深いと喉を塞がれ嘔吐《えず》きそうになる。苦しくて更に涙が流れる。

「舌を巻き付けるようにしてごらん」

退いた隙に舌を動かし、言われた通りにする。硬度が変わってくるのを直に感じる。

顎の怠さを堪え、黒瀬の雄が早くイけばいいと舌を這わせた。

「そうそう、上手いよ。筋を意識して」

黒瀬の先端から露が溢れていて、口の中に自分のものとは違う苦みがはしった。黒瀬も汗ばんでいるのか、黒瀬が動くと黒瀬の雄の匂いと独特の体臭が鼻孔を擽った。

潤は訳もわからず、言われたままに舌を動かしていたに過ぎないが、黒瀬の雄は嬉しそうに更に体積を増していった。

「ちょっと、苦しいかもしれないけど、我慢して。頭を枕から落として、舌は外して口を大きく開けて」

何をしようというのだろう？

顎が上に突き上げる形で、口を限界まで開けた。

「んぐっ」

潤の喉奥まで黒瀬が攻めてきた。潤の喉を女の膣のように犯し始めた。

苦しいなんてものじゃない。

鼻からの呼吸も忘れそうになり、嘔吐きで咽せ、頭の中が白くなった。

「全部飲んでね」

その言葉と同時に、咽頭部にヌルッとした生温かいものが叩きつけられた。

黒瀬の雄が引き抜かれ、残ったタップリの精液が口中に広がった。

吐き出したかった。男の精液を飲むなんてこと、絶対にできない。

しかし、「飲め」と黒瀬の目が潤を威圧的に睨んでいた。

もう、ここまでくれば男の精液を飲むくらい何でもないことかもしれない…黒瀬の精液ぐらい……飲んでやるさ…

鼻に息を掛け、味ができるだけ分からないようにしてから、ゴクリと嚥下した。

「潤、偉い。苦しくてもよく頑張ったね」

黒瀬が潤の上半身を起こすと両腕で抱きしめた。

頭と背中を子どもにするように撫でながら、抱きすくめて何度も潤を褒めた。

苦しい思いを褒められて、無理矢理奉仕させられたことの怒りより、頑張りを認めてもらったことへの喜びが湧き上がっていた。

元に戻れないなら、この場所が、この腕の中が…いい…

お、俺は今…何を……俺の頭は壊れてきているのだろうか……

逃げなきゃ駄目だ。

元に戻れなくても逃げなきゃ、身体だけじゃなく心まで侵されそうだ。

潤は自分の変化が怖く、こんな目に遭わせる黒瀬を許容している自分を認めたくなかった。

それから二日間、潤は黒瀬に徹底的に口淫と手淫をたたき込まれた。

もちろん、一方的ではなくて、お手本と称しては潤が受ける方が多かった。その間、後ろの孔を使われることはなく、軟膏を塗布される以外で触れられる事もなかった。

時枝の徹底した栄養管理のもと、潤の若さも手伝ってか、この二日間で痛みもとれ日常生活に支障がないほどに回復した。排泄もシャワーも自力でできるようになり、黒瀬がいない時などは、暇を持て余すようになっていた。

「ええ、そうなんです。…いやぁ、さすが潤の…」

黒瀬が携帯で誰かと話しながら、ベッドで時枝が買ってきた雑誌を読んでいる潤の所へ来た。

誰と話しているんだ?

俺の名前を今言ったよな?

「…彩子さん、代わりましょうか？　潤が目の前にいますが」

彩子さんって、それは俺の母親の彩子か⁉

ま、まさか……黒瀬と彩子が会話ってことは、あるはずがない。いや、あってはならないことだろっ。

「潤、母君。心配しているから声を聴かせてあげて」

携帯を手渡された。

こいつは彩子に何を喋ったんだろうか。

恐る恐る、携帯を耳にあてた。

『潤、元気？』

最後に会ってからまだそんなに経ってないというのに、その後の波乱でもう会えないと思っていた彩子の声に、潤の胸が熱くなる。

本当に、本物の彩子だ。

「あぁ、元気だよ。彩子さんは？」

鼻の奥がツーンとするのを感じながら応答した。油断すると、泣いてしまいそうだった。

『私もジェフももちろん元気よ。黒瀬さんから事情は聴いたわよ。もうビックリしたんだから』

事情って…まさか……

思わず、側にいる黒瀬を睨んだ。

『あまり黒瀬さんの手を煩わせるんじゃないわよ』

どう話したんだ？

「わかってるよ」

適当に返事をした。

まるで俺が黒瀬に世話かけているみたいじゃないか。どうなってるんだよ。

『潤もやっぱり私の血を引いてるのね。いい人に巡り会えてよかったわ。安心した』

もの凄い勘違いを感じるのは気のせい？

「いい人って？」

『いいから、いいから、照れなくっても。言ったでしょ。あなたがどんな人生を歩んでも応援するって。自分の心に忠実に、後悔のない人生を歩んでくれたらいいのよ』

「彩子さん、何か大きな誤解してない…？」

『あ、もう切るわ。ジェフが呼んでるから。そうそう、いつかはわからないけど、今度会うときがあったら、胸見せてね』

「え？」

『ピアスよ。じゃあ、やるときは十分解してもらいなさい』

向こうは普通の受話器だったのか、ガチャンと切られた。

ツーとなる携帯を持ったまま、潤は固まってしまった。

「潤、」

「…」

「携帯、貸して」

「……」

「携帯戻しなさい。もう切れてるんだろ？」

「………」

「潤、聞こえないの？」

「…つ…、くろせぇえええっ！」

「大声出さなくても聞こえるよ。こんなに近くにいるのに」

「彩子さんに何を吹き込んだ⁉」

携帯を握りしめたまま、烈火の如く怒った潤が黒瀬に問いただした。背後に炎が見えそうだ。

「何を怒っているの、潤。母君と話せて楽しかっただろ？　事実をオブラートに包んで言っただけだよ」

「事実をオブラートって何だソレ、は？　何でピアスまで知ってるんだ？　それに、あんなことまで……」

「あんなことって、何？」

言えるかっ！　母親に尻の心配されたんだぞ？

「彩子さんに、俺を犯《や》ったと言ったのか？」

「愛を育んでますと言っただけだけど。ピアスの話をしたら是非見たいって。潤の母君は素敵で面白い方だ。とても理解がある。母君と話せて喜んでもらえると思ったけど、どうして潤は怒っているの？」

「どこに愛があるって？　寝言は寝て言え！」

「ちょっと母親と話せたからって、そんなに興奮して、そんなに母親が恋しいの？」

会話が成立してない気がするのは、気のせい…じゃ、ないよな。

ガクリと潤が項垂《うなだ》れ、手元から携帯がぽろりと落ちた。

「持ってけよ。携帯だろ」

ヤレヤレと黒瀬が携帯を拾いあげると、潤の横に腰を下ろす。

「潤、脱いで」

「何で、朝、手でしただろうが。そういう気分じゃねぇんだよ。俺はな、今、猛烈に腹が立ってんだ！」

「愛がないのが不満なんだろ？　潤がそんなに愛に飢えてたとは思わなかったよ。もう遠慮しないことにした。愛を育むよ、潤」

俺が言ったのは、どこにそんなものが、転がってるんだという意味だろが！

お前の愛を求めてるわけじゃねぇよ！

こいつは人類じゃねぇ、宇宙人に違いない！

「飢えてない！　遠慮しろっ」

「いいから、素直じゃない潤には慣れっこだから。怒っているのが飢えている証拠だろ」

こいつの思考回路はどうなっているんだよ…

俺はもしかして、こいつに口実を与えているだけなのか？

…俺が悪いのか？

潤は自分で墓穴を掘っているのかと後悔した。

サイドボードに携帯を置いた黒瀬が潤のバスローブを剥がすと、尻の割れ目に手を滑らせ、窄みに指を突っ込んだ。

「っつ」

「もう、大丈夫そうだ。時枝、アレ持ってきて。全部持ってきて」

時枝が小さな紙の袋を提げてやってきた。

「どうぞ。人に買いに行かせたまま放っておいたので、もういらないのかと思ってましたが」

「時期を待ってただけ」

「あ、そうですか。手伝いが必要な時は呼んで下さい」

その中身が、時枝の手が必要になるようなものだっていうのか？

「多分…」

黒瀬が言葉の途中で潤の裸身に視線を滑らせた。

「…いらないと思うけど」

今度は時枝が袋の中を覗いてから、潤に目をやる。

「リビングで待機してますから。はあ、市ノ瀬さま、頑張って下さい」

時枝が同情的な視線を潤に浴びせ、去っていった。

軽蔑の視線を感じたことはあっても、心配そうな目で見られたことは今まで一度もない。裸の潤を見てもバカにするどころか、本当に危惧しているようだ。

なんなんだよ、一体。あいつにあんな目で応援されたら、不安倍増じゃないか……

「ソレ、何が入ってるんだ」

「あとでね。潤、私を見て」

黒瀬の手が潤の顎を掴む。黒瀬の双眸が潤の目を捉えて逃がさない。

ゆっくりと、黒瀬の顔が近づいてきて、潤の唇に自分の唇を重ねた。チュッ、チュッと何度もバードキスを重ね、そのあと潤の口内に侵入してきた。

……何で、こんな。

戸惑うぐらい優しい口吻だった。

侵入してきた舌が穏やかに潤を昂めていく。口腔内を隈無く愛撫する。

そして潤の舌を自分の口内へと導き入れた。

黒瀬の口内に自分の舌が侵入していると思うと、潤の身体の熱が上がった。

お互いの口をお互いの舌が絡んだまま行き来し、唾液が混じり合い、水音が漏れる。

口を塞ぐためでもなく、何かのご褒美でもなく、それは本当に愛し合うもの同士が交わす、そんなキスだった。

官能の穏やかな波でぼうっとなる潤の頭に、黒瀬の「愛を育む」という言葉が浮かんだ。

…ちがう…

…黒瀬は、そんな人間じゃない…

否定しようとしても黒瀬のキスは、あまりに甘く優しくて、潤を切なくさせた。

恐ろしく丁寧な愛撫は、口吻だけではなかった。

潤の身体を、上から順に官能の扉を開くように、黒瀬が潤を追い詰めていく。

「や…めろ、よ…、あぁ…う…」

耳朶を甘噛みされ、首筋に舌を這わされ、指の股まで愛撫された。

初日の暴行を働いた人間と同一人物が施しているとは思えぬ扱われ方に、潤の心は戸惑い、身体は黒瀬を拒めず与えられる緩慢な刺激に焦れていた。

左右の乳首を弄られる頃には、潤は自分からアメジストが揺れる胸を黒瀬に突きだしていた。

「——もっとっ、うっ、強く…」

欲望のままを口にする潤に、黒瀬の意地悪で煽るような卑猥な言葉は、一切なかった。

「ここは?」

「あぁ…いい…」

「これは?」

「…ぅう、もっと……」

まるで潤に奉仕を捧げる下僕のように、潤の口から漏れる要求と、身体が反応で示す要求に黒瀬が応えてくれる。

乳首から、臍へと愛撫の場所が移る頃には、もう潤の先端からは露が溢れていた。

「んっ、あぁああ……」

潤の性器に黒瀬の手による直接的な刺激が加わった。

この二日あまりでどれだけの黒瀬の口淫、手淫を受けたかわからない。

しかし、今のソレは明らかに違っていた。飛行機の中で悪戯されたときとも違う感覚が、潤とその分身を包み込んでいた。潤に快感を与え、欲望を放出させようとしている行為に何ら違いはないのだが、潤が感じるものが違っていた。

もっと熱く、もっと深く、もっと淫らで、そしてもっと黒瀬という人間を感じていた。

黒瀬がしていると意識せずにはいられず、意識することで同じ行為が違う意味と強い官能を孕んだ。

「潤…私を見て」

黒瀬の手淫に喘ぐ潤に、自分を見るように黒瀬が要求した。

「…あ、う…」

黒瀬の動きに翻弄されながら、言われるままに黒瀬の顔を見る。

黒瀬は更に手の動きを加速しながら、視線は潤の双眸に向いていた。潤も黒瀬の目を捉えた。

黒瀬の切れ長の目が見たこともないような憂いを含み、優しく潤を見つめていた。

…なんで、そ…んな…目で……

黒瀬は瞬きもせず、潤の目から視線を外そうともしなかった。黒瀬の目に見つめられて、欲望が爆ぜようとしていた。

「うっ、もっ、出るっ——……！」

その瞬間、潤の腕は宙に向かって何かを求めるように振り上げられた。

…俺は…今…何を……

自分から、黒瀬に…抱きつこうと、した…

「潤、私を嫌ってもいいから、信じて」

潤が自分を責めている間に、黒瀬は潤が飛ばした精液を拭き取り、何やら紙袋の中をごそごそあさっていた。そして、潤に自分を信じろと投げかけ、また口吻を落とした。

潤の上下の唇を愛撫しながら、黒瀬の手が潤の窄みに伸びる。指先にはタップリと潤滑油が塗られていた。その指を潤の孔に入れると、ゆっくりと解しにかかった。

もう裂傷もほぼ完治で痛みは無かったが、異物の侵入を阻もうと腸壁が動く。それを無視して、黒瀬の指が進退を繰り返していくうちに、今度は指を飲みこもうと内壁が動く。大丈夫と判断したのか、黒瀬の指が二本になった。

「…い…やだ、あぅ、——後ろは、いやだ…黒瀬…除《ど》けて」

「もう少し、解そう。入口は大丈夫そうだけど、念入りにね」

潤滑油で滑りの良い指でまさぐられ、忘れかけていた内部から湧き起こる快感を、潤の身体が思い出す。燻っている種火が燃え広がるのが怖かった。

「あぁ…あ…」

しつこく指で内部も十分解された。きっと次は黒瀬を受け入れるのだろうと、思っていた。が、

「潤、ごめんね」

袋から何かを黒瀬が取り出し、潤の身体を俯せにし、腰を黒瀬に突き出す形にされた。何故

潤に今更謝るのかと後方の黒瀬に目をやると、

「……っ、ぃいやあだぁぁああ――――！」

潤の頭に映像がフラッシュバックした。

あの場所での事は全て忘れられない経験として潤の脳裏に刻み込まれていたが、その中で欠落していた記憶。いや、正確には自分で封印していた記憶が、鮮明に呼び覚まされた。

潤の記憶の中では、ステージ上で顔にライトを浴びた所迄で、その後はもうこの部屋に繋がっていた。

黒瀬の手に握られた、あの時と同形同色のアナルビーズを見たことでオークションのステージ上での全てが、呼び覚まされたのだ。

「やめろっ……放せっ、ヤだっ、ノー、ノー、レッ…ゴ…ヘルプ……、プリィーズ…オー…ジー…」

潤は混乱していた。

黒瀬の元にいるのか、あのステージ上にいるのか。

黒瀬に押さえられているのか、男達の手に押さえられているのかも判断できなかった。

あの時は抵抗すらできなかった。精神が保たなかった為にできなかった抵抗を、今必死でしていた。多分あのときも意識下では抵抗していたのだろう。その押し込まれてた抵抗が一気に吹き出し、やめてくれと身体を捩って懇願を始めた。

「潤、ここはオークション会場じゃない。潤、ここにいるのは君の嫌いな私だよ…黒瀬だ」

「…く、ろせ…？」

「そうだ、黒瀬だ。私だよ、怖くないから…ね、潤。ここは安全だから」

黒瀬が潤の顔を見ながら、アナルビーズを持たない方の手で潤の背をさする。

「嫌いでも、憎んでもいいから…信じて」

「うぁあああああああ———…！」

勢いをつけて、潤の中に黒瀬がアナルビーズを突き挿れた。

あの場所では一粒一粒挿入されたものを、三つ一気に挿れられた。一旦そこで手が止まる。

繋ぎ目が丁度入口で止まっている。

ビーズを飲み込み咥え込んだ感触に、潤はまたフラッシュバックを起こしていた。

『単位はドルで、スタート価格は十万』

『七十万、他にいらっしゃいませんか？』

尻を広げられ、異物を咥えた箇所を他人に晒し、そして自分に値が付いていく。

———助けて！　誰かぁあああああ！

人形の仮面下で、報われることのない悲鳴をあげていた。自分さえ気付けないほど深いところで、叫び続けていた。

『七十五万』

『七十八万』

――誰かぁ…、もう、いっそ……

「嫌だっ、俺を放せっ！　やめろっ。俺は物じゃないっ。殺せ、俺を殺してくれっ！！！」

潤が暴れ出した。

あの場所で無視していた羞恥と恐怖、そして人間としてのプライドが噴き出した。

そうあのとき、釣り上げられる数値を耳にしながら、いっそ死んでしまえたら……と、思っていたのだ。

黒瀬が、ビーズを咥えたまま再び正気を無くした潤の尻を叩いた。

「潤、ここはあの場所じゃない！」

黒瀬とは思えない強い声だった。そして容赦なく黒瀬は更に潤の中にビーズを押し込んだ。

「んぁあああ…やめろっ、殺せっ！」

潤が自由がきく両腕をバンバンとベッドに叩きつけて、殺せ、殺せ、と泣き叫ぶ。

「ここにいるのは私だ。ビーズを埋め込んでいるのも、私だ」

「…うっ、」

最後の一粒まで押し込まれた。

ここは、どこなんだよっ。

『八十七万』

耳に響くアラブ訛りの英語。

「いやだっ！　俺を買うなっ！！！」

「潤、私の声を聴きなさいっ！」

誰だ、あいつらか…それとも…

黒瀬の強い言葉が潤を引き戻そうとしていた。

誰が、俺に…こんな事を……

アナルビーズを挿入したまま、黒瀬は潤の身体を仰向けにした。

ビーズを持つ手はそのままに、自分の身体を潤の横に移し、膝の上に潤の身体を抱き上げた。

そして――

「うぅうううっ、やめろっ、あっ、いやだぁあっ、やめてくれ――――！」

アナルビーズを一粒ずつ抜く。

プツリ、プツリと、潤の身体から引き出されていく。

蘇るおぞましい感触に潤の叫びが谺する。

「潤、潤、潤…潤、私の潤…可愛い潤…我慢強い潤…、乱暴者の潤…、潤……潤…私だよ」

黒瀬が潤の名前を連呼しながら、今度はアナルビーズの出し入れを繰り返す。

「やだっ、こわいっ、助けてっ…あぁあ、誰かぁああああ──……」

「助けてあげるからっ」

黒瀬の手が止まる。ビシッ、ビシッ、と潤の頬を右、左と平手で叩く。

「…ひっくぅ…」

「こっち向きなさいっ。これは誰？　潤、潤…判る？　潤、私は誰？　潤に酷いことしているのは誰？」

黒瀬が幼子を叱るように、潤に問う。

「…俺に、酷いこと…？　…くろ、せ？」

「そうだよ、潤。私が判るよね？　さっきからずっと私だよ。もう潤はオークションにかけられているんじゃない。私の側にいるんだ。忘れちゃった？　愛を育むんだろ？」

「て、てめぇえええええ！　抜けよ、これ、さっさと抜きやがれっ！」

潤の罵声にこれ以上ないというぐらい、黒瀬が嬉しそうな表情を浮かべた。

チュッと、潤の額にキスをすると、またアナルビーズに手を掛けた。

「いつもの潤だ、感じてごらん」

黒瀬がまたアナルビーズを動かし始めた。

「うっ、やめろっ…黒瀬っ…あぁ、嫌いなんだ…それはいやだっ…くろせっ！」

「何で嫌なの？　私の顔を見てなさい。私が与えるものだよ。同じ道具でも、違うだろ？　これは潤を苛めるものじゃない。私が潤の身体に合うリズムで、潤が悦べるように与えてる道具だろ？」

「——あぁ…あ、あっ、う…」

その通りだった。

正気に戻り黒瀬の顔を見ていると、おぞましい感触しかなかったものから、違う感覚が呼び覚まされる。潤の内部を行き来するアナルビーズが、潤の弱いところを絶妙にかすめていく。速さも強弱も全て、潤の快感を湧き出させる為に、計算し尽くされているようだった。道具が黒瀬の意思そのままに動く。

「ぁあ…ぁあん、くろせっ、」

「潤、ここ、いいよね？」

潤の反応を見ながら、黒瀬が動きを変えていく。

潤の身体が感じていたのは明らかだった。萎えていた潤の雄芯が形を変え始める。

「あぁ、ぁあ…、でもいやっ…だっ、」

「何が嫌なんだ？　潤、言ってごらん？」

確かに、違うものだった。

自分を貶める道具ではなかった。

与えられる快感の中で、潤は思い出していた。

あの時ステージで潤を助けたのが黒瀬だったことを。

黒瀬が「潤、もう終わったんだ」と抱きしめてくれたことを。

そして黒瀬を確認した瞬間の最上級の安堵感を。

…あれが、黒瀬でよかった…

与えられる快感が黒瀬の手によるものなら、黒瀬自身が欲しい……

「…くろせっ、くろせっ、あぁああ…くろせが…いい、これより…くろせがっ、くろせっ、うっ、ひっく…」

喘ぎながら、黒瀬を求めて黒瀬にしがみつき、黒瀬に応えて欲しくて嗚咽まであがる。

「いいのか？　潤の嫌いな私でいいの？」

「いい…育む…んだろっ、くろせっ、脱いで、ぬげっ、よっ」

潤は黒瀬の肌に直接抱きしめられたいと思った。ここに来てから、黒瀬が全身の肌を潤に見せたことはなかった。下半身だけ与えられていた。

「潤…」

「…んっ！」

黒瀬がアナルビーズを一息で引き抜くと、潤を膝からベッドへと降ろし、シャツとズボンを脱いでいく。見慣れた下半身と見慣れぬ上半身が露わになり、その身体を潤に重ねた。

潤の掌に黒瀬の掌が重なり、指が組まれた。潤の手を握りしめたまま、黒瀬が潤の中に沈もうとする。手の添え無しで、挿入を試みる。その黒瀬の挿入を潤が自ら腰を浮かせ、出迎えた。

先端が潤の入口を捉えると、黒瀬がグッと押し進めた。

「うっ、あぁ、あっ」

指とアナルビーズで十分過ぎるほど解された潤の窄みは、黒瀬を拒まなかった。

初日、ただの凶器でしかなかったモノが、今は黒瀬を象徴するものとして、潤の中に侵入していた。潤の内部に入ってからは、潤を壊さないようにと、ゆっくりと慎重に押し開かれた。

「…く、ろ…せっ、あぁ…」

「潤、…潤、」

痛みはあった。しかし、それ以上に黒瀬を全て受け入れたかった。

犯られているのではなく、繋がりであり、交わりであった。

同じような行為でも、意味が違っていた。

…満たされる……

黒瀬が深くなるごとに、黒瀬から与えられる熱も高くなり、痛みが違うものへと変わっていく。内壁を圧迫され、擦られて生まれる快感とは別に、潤の心にも黒瀬の熱がゆっくりと注ぎこまれるような気がした。

「く…ろせ、くろせっ、」

徐々に黒瀬の動きが速くなり、湧き上がる快感も大きくなる。絡んだ指先に力がこもる。

「潤、私の潤…」

「ぁぁあ、——もっと、もっと…」

もっと、繋がりたかった。

もっと、深く交わりたかった…もっと、黒瀬を感じたかった…もっと、与えられたかった…

そして、黒瀬が潤の望みを全て与えようとした。

「潤、全て受け止めて…」

何が言いたいのか直ぐにわかった。黒瀬の限界が近いのだろう。潤も限界だった。

「…う、ほ…しい…。あぁあ、ぜん…ぶ、ほし…い、くろせっ——……」

瞬間、組んだ手を解かれ、黒瀬の厚い胸に抱きしめられた。

ドクッ、ドクッと熱いものを内部に感じ、短い時間差で潤の欲望も爆ぜた。

「…このままで」

腰を退こうとする黒瀬に足を巻き付け、潤は黒瀬を自分の中に留めた。

「我が儘な子だね」

チュッと、黒瀬が口吻を落とした。

そして、二人ピッタリ隙間なく肌を合わせたまま無言で見つめ合っていた。


翌日早朝。

「本当にいいんですね？　後悔しませんね？　あとで私にあたらないで下さいよ」

時枝が、強い口調で黒瀬に何やら確認をとっていた。

「あぁ、いい。用意しておいてくれ」

黒瀬の決意は固いようだ。

時枝がやれやれと頭を振った。

「じゃあ、俺はもう少し潤の側にいる」

「わかりました。全て整えておきます」

黒瀬は潤の側に戻ると、やすらかな顔で寝息を立てている潤の横に座った。

寝ている潤の頬を撫でる。潤の頬に水滴が落ちる。

「ふふ、俺は泣いているのか…らしくない」

「……くろせ…」

「寝言でも呼んでくれるんだ…私の、俺の潤…色々ごめんね…何度も辛い思いをさせてしまった…ちょっとしか時間が経ってないのに、飛行機の中で悪戯したことが懐かしいよ…。震える潤も怒った潤も、怯える潤も耐える潤も…喧嘩っ早い潤も…どの潤も心に住みついて離れてくれそうもないよ…、罪な子だ…いや、罪なのは俺か……」

ポタッ。また一雫、潤の頬に落ちる。

「ん？」

頬に生温かい水温を感じて、潤が目をゆっくりと開けた。

慌てて黒瀬が目を擦り、涙を拭う。

「…黒瀬…わっ」

黒瀬を認識した潤が、驚いたような声をあげ、枕に顔を埋めた。

「ふふ、潤、どうした？」

「ど、どうしたも、こうしたもあるかっ」

恥ずかしくてまともに黒瀬の顔が見られない。

今、絶対茹《ゆ》で蛸《だこ》だ。

「何が？」

「なにがって、その……なんだ…俺達……て、何でもう起きてんだよ！　何でもう…バスローブ着てんだよっ！　その…なんか…」

寂しいだろっ！　言わせるなよっ。

酌み取れってんだ…

「朝から発情中？」

「バカッ！」

「…ぐっ」

潤が投げた枕が黒瀬に命中した。

「やっぱり潤は乱暴者だ」

やれやれと、枕を元に戻すと黒瀬は潤の横に横たわった。

「ちょっとこうしていようか」

黒瀬が潤の肩を抱き寄せた。潤が黒瀬の胸に頭を埋めた。

黒瀬の心音と体温と匂いが何とも心地良い。自分の為に用意された専用のクッションのようだ。

「ふふ、潤は可愛い私のオモチャだ」

その言葉に潤の胸がズキンと痛んだ。

どうして、そんな言い方をするんだ？

「私の所有物だ」

更に胸がキュッと縮むような痛みを覚えた。

何で？？？

昨日のことも、今までと同じだと言うつもりか？

まさか…違うだろ？

遊ばれただけ？

からかわれただけ？

「大枚はたいて、私が買ったのだから」

耳を塞ぎたくなった。

黒瀬の放つ言葉が刃のように胸を刺す。

言葉とは裏腹に、黒瀬の胸も腕も優しくて、そんな言葉を浴びせられても突き放すことができなかった。

…一体俺は黒瀬に何て言って欲しいんだ？

その瞬間、潤は黒瀬に真正面から愛されたがっている自分を猛烈に感じた。

「何、これ…」

黒瀬と二人でシャワーを浴びた潤が目にしたものは、黒瀬の背に無数に走るケロイド状の傷跡だった。黒瀬も潤ほどではないが色が白い。その背のピンクの傷に、目を奪われた。

「昔、ちょっとね」

ちょっとで済まされるような傷ではない。

誰かに折檻されたと思われる傷。

年数は経っているようだが、目を背けたくなるぐらい、生々しい。

これを見せたくなくて、昨日まで脱がなかったのか？

誰が？　何の為に？

あいつは……時枝は何か知っているんだろうか？

黒瀬はそれ以上語らず、潤の身体の内外を洗い上げた。

昨日のあのままで寝てしまった潤の身体から、トロリとしたものが流れる。その慣れない感触への嫌悪感と、黒瀬への喪失感を潤は感じていた。

「さ、朝食を食べに行こう。時枝が遅いと怒っているかも」

黒瀬に促されて、リビングダイニングに向かうと、テーブルの上には朝食のメニューとは思えない品が並んでいた。

「ハッピーバースディ、潤。今日、何日かわかる？　二十四日だよ」

『誕生日おめでとう』のプレートの横に、サンタが腰掛けている円形のチョコレートケーキが、朝の献立に交じって置かれていた。

「クリスマスイブが誕生日だなんて、潤って生まれるときから、なんかメデタイよね。まさか夜に生まれたとかいう？」

「知らない…何で、俺の…」

「パスポート見たからね。どう、ケーキ気に入った？　時枝が作ったから味の保証はできないけど」

「失礼な。こっちはクリスマスプディングが主流だし、日本人にはこっちの方が馴染みがあるでしょう？　一応、サンタも飾ってみました。バースディケーキ兼クリスマスケーキです」

「…嬉しい…美味しそう」

「そう？」

時枝が目を釣り上げて睨んできた。

「いや、絶対に美味しいに決まってる。ありがとうございました」

「市ノ瀬さま、礼は結構です。もう…これだけは変わりませんね」

「時枝、潤は何も変わらないよ。この先もね。ずっと私の可憐な雄花なんだから」

「そうですか？　今日のお二人はなんだかいつもと違って見えますけど。特に市ノ瀬さまが。朝から一緒にラブラブでシャワー浴びてたようですし」

潤の顔が恥ずかしさで赤くなる。

時枝の目には今日の自分はどう映っているのだろう。

昨日の声も聞こえていたに違いない。

「なに、時枝、それはジェラシー？　一緒に入りたかったの？　別に仲間ハズレにしていたわけじゃないよ？」

誰に対しての…黒瀬にか、それとも俺にか…

いつもの時枝の嫌味に対する黒瀬の冗談とは知りながら、時枝が嫉妬するとしたら、黒瀬の側にいた自分にかもしれない、と思った。

「社長、あなた私を幼稚園児か何かと勘違いしていますか？　なんです、その仲間ハズレって？　もういいから、食べましょう。ケーキ切り分けますから」

黒瀬と時枝のいつもの掛け合いが、今日の潤には違って聞こえた。

二人の仲の良さが、小さな棘となって胸に刺さる。

嫉妬しているのは、自分かもしれない…

「潤、どうした？　ケーキもっと大きく切ってもらいたかったの？」

「黒瀬、俺も幼稚園児じゃないぞ。これで十分です……ん、うまい！」

気を取り直してケーキを頬ばった。

朝っぱらからのケーキだというのに、冗談抜きでそれは本当に美味だった。

「当然です」

と言いながらも、時枝の顔は少し嬉しそうだった。

「潤、食べたら出掛けよう」

黒瀬の思いもよらない言葉に、潤はケーキを喉に詰まらせ、咽せた。


誕生祝いを兼ねた朝食を終えた潤に、時枝が潤の服と鞄を持ってきた。

拉致されたとき以来目にする自分の私物だった。

鞄の中身は全て無事のようだ。

財布もパスポートもある。彩子にもらったラブスプーンもあった。飛行機のチケットも無事だったが、もうこれは日付が過ぎており使用できない。

大きな荷物はパディントンのホテルに預けたままなので、たいした量はなかった。

「潤、早く支度して。こっちは今日の午後から店が閉まり始めるから。明日は交通機関もほぼ全面ストップだよ」

手渡された荷物を確認していると、黒瀬が急《せ》かしてきた。

そうだった。日本と違い、イギリスのクリスマスは店は閉まるし、交通機関も停止する。

「何でこんな日に出掛けるのさ」

「私からの誕生日祝い。もうずっと外の空気吸ってないだろ？　それとも潤は、私と出掛けるのが嫌だとか言うつもり？」

「そうじゃないけど…」

「だったら、早く着替えて。ちゃんとクリーニングしてあるから。下着は新しいの買ってあるし。バッグは荷物になるからいらないか……パスポートと財布は持っていた方がいい」

「わかった。五分で支度する」

…チャンスが来たんだ…

くそっ、何で今日なんだ…

潤、しっかりしろっ。

このまま側にいてどうなる？　ヤツは俺に何をした？

大体拉致されたのも、黒瀬のせいじゃなかったのか？

強姦した相手だぞ。

…でも…見捨てることもできた俺を、助けてくれたのも黒瀬だ……

着替えながら、潤の脳内は自問自答を繰り広げていた。

…こんな物まで、装着されて…

左乳首にそっと手を置くと、甘い疼痛が走る。

…よく考えてみろっ。お前は所有物として、扱われてるんだろうが……

…ケツを強引に掘った相手を本当に許せるのか？

…しかし……俺は……

「支度できた？」

「あぁ」

短い時間の中で覚悟を決めた潤が、黒瀬の待つリビングダイニングへ向かった。

トレンチコートがオヤジ臭くならずここまで似合う男はいないよな、と黒瀬の姿に見とれそうになる。ベッドの上でいつも見ていた黒瀬より、数段いい男に思える。

「どうしたの？」

訊かれて赤面した。

まぬけ面で黒瀬を眺めていたのかもしれない。

「な、なんでもない」

そうだった……こいつはこの若さで社長だったんだ。着こなしも一流だってことか。

「市ノ瀬さま、外はかなり冷え込んでいるようです。どうぞこれをお使い下さい」

時枝が赤いマフラーを潤に差し出した。

「貸してごらん」

潤が手に取る前に黒瀬が奪い、潤の首にマフラーを巻いた。

「潤、似合ってる。可愛い」

「男に可愛いと言うのもどうかと思う…」

「お似合いです」

時枝にまで言われると、外すわけにもいかず、赤という色に多少抵抗があったものの、そのまま外出することにした。

マフラーからほのかに黒瀬の匂いが漂ってくる。もともと黒瀬の使用していたものだろう。黒瀬の香りで黒瀬に抱かれているような気がして、潤の胸がキュンと痛んだ。

「市ノ瀬さま、靴です」

潤の履き慣れたスニーカーが、用意されていた。

こんなものまで買い取ってくれたということか?

スニーカーを片足ずつ履き、紐をギュッと結ぶ。適度な締め付け感が、これから外に出ることを、潤に実感させた。

「潤、行くよ」

「市ノ瀬さま、社長のことを頼みましたよ。行ってらっしゃいませ」

時枝が深々と頭を下げたまま、二人を見送った。

頭を上げない時枝に潤は何か奇妙な感じを受けた。二人を見送ったというよりは、その見送りは潤一人に向けられたような気がした。


「ビックリさせるなよ。ホテルだったのか…フロントロビーまであったし。はぁ、外気が気持ちいいな」

十二月の冷たい空気が潤には新鮮だった。

建物を出ると肺一杯に空気を吸い込んだ。

どんより曇った低い空は、ここがイギリスだと実感させる。慣れない日本の駐在員は、この冬空で鬱になる者もいるというが、今の潤は身体にエネルギーが満ちるのを感じていた。

「ホテルと言ってもアパートメントホテルだから。日本のウィークリーマンションみたいなものだよ。あの部屋快適じゃない？　ちなみにあの部屋の隣に、時枝の部屋を借りている。もっとも潤が来てからはずっと私の部屋にいたけど」

多分ホテルスタッフの清掃も自分の為に断っていたのだろう。片付けも時枝がしていたみたいだし。俺がヤツの仕事増やしてたのか、と潤は少し反省モードになった。

「潤、行きたいところある？　観光してないんだろ？」

別に観光したいわけではない。黒瀬と一緒に過ごすだけで良かった。

…もう少しだけ。

「特にないけど…あっ、シャーロック・ホームズ！」

「ホームズ好きなの？」

「あぁ、ああいう古典的な推理小説好きなんだ。ベーカーストリートに博物館あるんだろ？ホームズの書斎とか興味ある」

「じゃあ、そこに行こう」

ロンドン名物のダブルデッカーに乗り込み、ベーカーストリートで降りた。

「恥ずかしいからっ、放せよ！」

「却下。デートでは手は繋ぐものだ」

バスを降りるとき、段に躓いて転けそうになった潤の手を黒瀬が取り、倒れそうになるのを防いだ。そこまでは良かったのだが、その後ずっと潤の手を繋いだままだ。そうでなくても、黒瀬はやたら人の目を惹く容姿をしている。通りを歩く人々の視線が痛い。

「男同士で、繋ぐもんじゃないだろ！」

「別に問題ないじゃない。私は今、潤の手を握りたいと思っている。それだけで繋ぐ理由になると思うけど。潤は私の手が嫌いとか？　あれだけ気持ちいいことしてあげた私の手を嫌うなんて、潤は冷たい」

「こんなとこで何てこと言ってんだ！」

黒瀬の背中に潤が頭突きした。

「んもう、痛いだろ。ホント、潤は暴力的なんだから。いいじゃない、どうせ日本語で話しているんだし、周囲には理解できないよ。もっとも理解してもらっても構わないんだけど」

「…ふっ。あははははっ」

突然、潤が笑い出した。

「潤が、壊れた…」

黒瀬が困惑の表情を浮かべる。

黒瀬らしい応答に、潤の切なさが一気に吹き出した。

——このやりとりができるのも、あと僅かな時間……

自分の気持ちを誤魔化すように潤は大笑いしていた。

目の縁に自然に溜まる水分が笑い過ぎによるものだと黒瀬に思って欲しかった。

「行くぞ！」

周囲の目なんかもうどうでもいいや、今、黒瀬と居ることを楽しもう、と潤は思い直した。引っ張られていた手を今度は潤が自ら引っ張り、歩き出した。

「急に張り切っちゃって。潤、場所知ってるの？」

「当たり前だろ。ベーカー街２２１ｂだ」

「へぇ、ちゃんと知ってたんだ。小説に何度も出てくるから、当然といえば当然かな」

「あ、ここだ！」

うっかり通り過ぎてしまいそうな入口だった。博物館といってもホームズの下宿を模しているものなので、日本で言う一般的な博物館とはかなり趣が違う。

一階がギフトショップで二階からが博物館になっていた。かなり狭く、階段などは男二人が並んでは歩けない。黒瀬と潤の手も解かれたが、フロアに上がるとどちらともなく再び手を繋いだ。

「すげぇ…マジ、小説の中みたいだ…」

化学実験の道具から、変装道具まである。しかも案内をしてくれるのが、ハドソン婦人だ（もちろん、スタッフだが）。

「潤、あの人…」

「うわっ、ワトソン博士だ。生だ！」

小説から抜け出したようなワトソン博士が歩いてきた。書斎の暖炉の前の椅子に腰掛けると、観光客に一緒に写真を撮ることを勧めている。何組かが、ホームズのハットとパイプを手に持たされ、記念写真を撮っていた。

「潤も撮ってもらえばいい。私の携帯にはカメラ付いてるし。記念にどう？」

「写真はあまり好きじゃない」

正確には、写真が黒瀬の手元に残るのが嫌だった。

自分の今の気持ちが写し込まれそうで嫌だった。

「じゃあ、私の魔法のカメラで写してあげよう。いいからワトソン博士と並んでお座り」

黒瀬が強引に潤をワトソン博士の横に座らせた。小太りの愛想のいいワトソン博士が『ようこそ』と声を掛けてきた。黒瀬が潤の手にパイプを握らせ、頭にハットをのせ、自分は少し下がる。何をするのかと思えば、カメラを持っているように構え、こっちを向いてと潤とワトソン博士に注文をつけた。

「私の心に残る記念の一枚だから、いい顔してね」

実態のないカメラのファインダーを覗き、シャッターを切った。

「うん、最高の写真が撮れたよ」

――黒瀬は俺を泣かせたいのだろうか……

まるで潤の覚悟を知っているかのような言葉と行動に、潤の心は切なく震えていた。

博物館を出た二人は、ソーホーにある黒瀬が馴染みにしているというレストランへ入った。伝統的な英国料理を、二人で堪能していた。

「潤、これ」

メインのローストビーフを食べ終わり、次のデザートを待っていたとき、黒瀬が上着の内ポケットから少し底が膨らんだ封筒を取り出し、潤の前に差し出した。

「何？」

「誕生日とクリスマスのプレゼント。受けとって」

手にとってみると、封筒の中に小箱が入っているのが解る。

「見てもいい？」

「駄目。クリスマスのプレゼントも兼ねているから、明日の朝開けて。それまでのお楽しみ。いい？　絶対明日の朝まで駄目だからね。驚く顔が見たいから」

「驚く顔って…この小さな中に、そんな凄いものが入っているのか？」

「ふふ、内緒。潤のいろんな顔を見たけど、驚く顔は見たことないかなって思って。明日の朝を楽しみにしてて。私も潤の顔を楽しみにしとくから」

明日のことを想像してか、黒瀬が目を細め楽しそうな表情を浮かべた。

もう、明日の朝には…俺は………

「落とさないようにね」

「…ありがとう、黒瀬」

礼を言いながら、封筒を撫でる。封筒を見つめたまま、潤は顔を上げることができなかった。

俺はやっぱり、この男が好きなんだ。

何が中に入っているかなんて、関係ない。

贈られたという事実だけで、こんなに嬉しくて、胸が痛いなんて……

やっぱり側にはいられない。

離れないと…好きだから…

好きだから、許せない。

あんな目に遭って、黒瀬を好きになる自分が許せない…

黒瀬…黒瀬……

封筒の上にポタッと雫が落ちる。

「潤？　どうしたの」

腕で涙を拭って、顔を上げた。

「ごめん、ちょっと嬉しかった。朝、ケーキあったし、外出もできたし、プレゼントももらったし…。ありがとな。へへ…なに、俺、泣いてんだろ。おかしいだろ、笑いたかったら、笑ってもいいぞ」

ぐしゃぐしゃっと、黒瀬の大きな手が潤の頭を撫でる。

「おかしくないよ…。潤が喜んでくれて嬉しい」

優しい柔らかな表情で見つめられ、この瞬間が長く続けばいいと思った。

続かないと知っているだけに、黒瀬の発する言葉も見せる表情も仕草も何もかもが、潤の中に染み込んだ。

「デザートきたから、食べよう」

「あぁ」

運ばれてきたアップルパイをフォークで突きながら、『これを食べ終わったらあとどれだけ一緒に居られるのかな』と、パイの残量と黒瀬との時間が比例しているように潤は感じていた。

ここから近いからと、食事を終えた二人はピカデリーサーカスのエロスの像へ向かった。

「潤と二人でエロスの像って、なんか意味深だよねぇ」

二人並んでエロスの像の下にある段に腰かけた。

像を取り囲むように数段の段があり、観光客やら、友人同士やら、カップルが腰を下ろしている。冬空の下の寒さなんてお構いなしといった感じだ。

「黒瀬、昼間っから、脳みそ沸いてる？」

「ううん、脳より下半身が沸きそうかな」

「てめぇ、一回死んでこい！」

黒瀬の脇腹に潤の拳が入る。

「痛いよ、暴力反対！」

「変態、反対！」

「何それ、酷いな潤。私を変態扱いだなんて。でもその変態が潤は好きなんだよね？」

「誰がいつ好きだなんて言ったんだ！」

「好きじゃないの？　何だ、それはガッカリだ…」

あぁ、好きだよ。側にいて苦しいぐらいには、好きだよ、バカヤロッ！

「外は寒いね。でも潤の隣は温かい。潤、もっとこっちに寄って」

黒瀬が潤の肩を抱き寄せた。いつもなら、恥ずかしいと抵抗するであろうシチュエーションだったが、潤も身体を黒瀬に預けた。

…このまま…ずっと……一緒に……いたかった…

でも……できないんだっ！

そのまま、五分ぐらい二人とも口を開かず、人の目も気にせず、身体を寄せ合っていた。

…今しか…ない…

…逃げるなら、この場所がラストチャンスだ……これで、お別れだっ…

「黒瀬、温かい物、飲みたくない？　俺、買ってくるから待ってて」

「私が行こうか？」

「いい、ついでにトイレにも行きたいし。動くと分からなくなるから、ここにいて」

潤が立ち上がる。

「ん？　どうした？」

黒瀬の後ろに回ると、潤が背後から黒瀬に抱きついた。

「いや、今日は楽しかったなと思って。プレゼントももらったし……、へへ、黒瀬の背中、温かいな。じゃあ、直ぐ戻るから待ってて。コーヒーでいいよな？」

「いいよ。あればカプチーノがいいかな？　潤、お金持ってる？」

「ああ、これぐらい奢るよ。今日は色々出してもらったし。……じゃあ、行ってくる」

抱きついていた黒瀬から離れると、潤は歩き出した。

「ふふ…とうとう行ってしまったね。私の雄花……いつまで私はここでカプチーノを待てばいいのだろう……そのうち、時枝が迎えにでも来てくれるかな……」

潤の気配が消えてから、黒瀬の頬に一筋の熱いものが流れた。

離れなきゃ、離れなきゃ、できるだけ遠くに…くろせっ…うっ…ヒック…うっ…離れなきゃ、行かなきゃ……どこに……？

走っていた。

ただ潤は走っていた。

潤はピカデリーサーカスを抜けると、当てもなく走り出した。

周囲の景色など潤の目には一切入らない。走る揺れに合わせて左乳首のピアスが揺れ、生じた甘い疼きが、黒瀬の代わりに潤を追っているような気がした。溢れ出る涙を拭うことも忘れ、ひたすら黒瀬から離れることだけで一杯だった。

ずっと室内で過ごしていた潤の体力は、かなり落ちており、次第に足取りが鈍くなる。

今、潤が所持している物といえば、財布とパスポートと彩子にもらったラブスプーン、それと黒瀬がくれた封筒だけだった。あの部屋に戻らない覚悟をしたときに、最低限自分に必要なものだけを持ち出した。

これから、どうしよう…

足が一旦止まる。首に巻いてあるマフラーの先で、顔を拭いた。

──ここはどこだ？

辺りを見渡してみる。

東洋人が多いエリアのようだ。漢字で書かれた看板が目につく。

建物を彩るクリスマスのデコレーションが、明日がクリスマスだということを潤に思い出させた。

グズグズしてたら、バスも地下鉄も止まってしまうんだった……帰国するには、飛行機のチケットか…

財布を取り出し、中を確認する。現金はあまり入ってない。トラベラーズチェックと、現金が下ろせる外資系銀行のキャッシュカードが一枚。

まさか、拉致られたとき全額引き出されたとか……ないよな？

不安になり、慌ててＡＴＭに並んだ。

嘘だろ！

明細を見て潤は慌てた。減額を覚悟で残高をチェックしたら増えていたのだ。

もともと日本円換算で十万しか入れてなかったのが、十倍になっていた。彩子が入金したとは思えない。だとしたら可能性は一つだ。

……黒瀬……

俺が逃げ出すことを知ってて、困らないように、予め用意してたっていうのか？

そんなわけない！　そんなはずない！

もしかしたら、黒瀬の電話で状況を察した彩子が気を利かせてくれたのかもしれない……と、潤は黒瀬説を否定したかった。

黒瀬が気付いてて俺を行かせるなんて、有るはずないじゃないか！

そこまで俺のこと想ってくれてるはずなんか……はずなんか……

胸の奥から熱い何かがどっと込み上げてきて、それが涙腺と連結し、潤の顔を濡らした。

くそっ。空港だ！　とにかく空港！

当日券でも何でも購入して、とにかく帰国するんだっ。

俺は日本に帰るんだ、元の生活に戻るんだ！

黒瀬を知る前の市ノ瀬潤に戻るんだよぅ。

「社長、いい加減にして下さい。ったく、いい年した男がいつまでそうしているつもりですか？」

段に腰掛けたままの黒瀬の横で、時枝がやれやれといった表情で立っている。

「もうとっくに次の行動に出ているかと思えば、あなたずっとここにいたんですか？」

「だって、時枝がチェックしてるだろ。潤は、今どこ？」

時枝はＧＰＳ搭載の携帯で二人の居場所を追っていた。潤は携帯を持ってなかったが、実はマフラーに小型の発信機を付けておいた。とっくに潤の跡を追いかけて、尾行をしているかと思えば、黒瀬を指すポイントの位置が動かないので、時枝が来たのだ。

何やってるんだ？

ホントにこの人はもう…

時枝の目に映ったのは、項垂れ、感傷に浸る黒瀬の姿だった。

どんよりしたイギリスの雲よりも更に暗いオーラを周囲にまき散らしている。こんなに落ち込んだ黒瀬を今まで時枝は見たことがない。

自分が逃がした癖に…逃げやすいようにここに連れてきた癖に…本当に手が掛かる。

子どもの初恋かっていうんだ。

非情で名の通った男とは思えない、恋に苦しむ姿。呆れながらもそういう感情を黒瀬に与えた市ノ瀬に対し、時枝は少なからずジェラシーを感じていた。

別に時枝が、黒瀬に恋情を抱いているわけではない。

だが、長い間一緒にいても黒瀬に影響を与えたことなど皆無に等しいというのに、あの青年はこの短期間にどれだけ黒瀬を変えたのかと、感謝と共に嫉妬心を覚えた。

黒瀬はずっと腰を下ろしたまま、携帯で潤の位置を確認することさえしてなかった。自分から離れる潤の点滅を見るのが辛かったのだ。

まさかこの人は、あの青年がここに戻ってくるかもしれないと、思っていたのだろうか？

「市ノ瀬さまは中華街付近です。あの辺は危険です、ブルーの手下のアジトもありますし。さぁ、行きますよ。立って下さい。社長？」

腰をあげようとしない黒瀬に、時枝の苛立ちは最高点に到達した。

何だっていうんだ、このいじけた態度は！

「立って下さい！　立ちなさい！　立てったら、立ちやがれ、この薄らボケが――っ！」

時枝の罵声に驚いた黒瀬が腰をあげた。

「…時枝？」

何が起こったのかといった表情の黒瀬に、時枝がニコリと微笑んだ。

「さ、行きましょう！　同じ轍は踏まないんでしょ。見届けに行きますよ」

落ち着きを少し取り戻した潤は、地下鉄の入口目指して歩いていた。

地図もなく、見知らぬ土地を泣きはらした顔で歩く潤は、自分でも気付かない間にかなりの注目を浴びていた。その中に、不審な奴らもいた。

「もしかして、何かお困りですか?」

東洋人が日本語で話しかけてきた。

「日本語お上手ですね。あのう、一番近い地下鉄の駅を探しているのですが」

同じアジア系というだけで、潤は全く警戒心を抱かなかった。むしろ、親切な人だと思ってしまった。

「地下鉄でしたら、もう一本奥の通りです。あの角を曲がれば出ますよ。通りに出たら北へ向かって歩けばあります」

「ありがとうございました。助かりました」

「お気を付けて」

潤は礼を言うと、歩き出した。

『あ、俺だ。間違いない、ヤツのイロだ。今そっちへ向かった。チョロいもんだ。あとは上手くやってくれ』

潤に声を掛けた男が、携帯で誰かと中国語の会話を始めたことは潤の耳にも届いていたが、それが自分と関係していることとは微塵も思わず、潤は教えられた通り地下鉄を目指した。

「どうして、潤はどんどん駅から離れていっているんだ？」

「おかしいですね。あの先は人通りも少ないし、空港行きのバスの路線というわけでもないですし、まして地下鉄とは真逆です。ホテルを探しているのでしょうか？」

潤の足取りを追って、ＧＰＳを頼りに潤のかなり近くまで来ていた。

「時枝、急ごう。何か嫌な予感がする」

「私もです。急ぎましょう」

二人の歩く速度が加速する。

『おい、アレ…』

『黒瀬だ、イロを追いかけてきたってわけか？』

『ヤツには手を出すな。あとで面倒なことになるからな』

『当たり前だ！　俺だってまだ死ぬつもりはない』

中華街に入ってから、二人は注目の的だった。

「外野が騒いでますね」

「放っておけ。どうせ俺には直接手は出せないんだから」

「そうですね。となると……急ぎましょ。はぁ、何故市ノ瀬さまはピカデリーから地下鉄に乗って空港に行ってくれなかったんでしょう。直行していたら、危険も少なく済んだものを」

「潤を責めるな。ブルーのことは知らないんだから。大丈夫、俺が潤を守る」

「そうですね。申し訳ございませんでした。彼に落ち度はありません。…あっ、あれは」

潤の後ろ姿を時枝が捉えた。

キョロキョロ周囲を見ながら歩いている。何かを探しながら歩いているようだ。

「潤は何をしてるんだ？」

「さぁ。この通りには何もないと思いますが」

潤に見つからないように、一定の距離を保ちつつ二人は尾行を始めた。


…この通りだよな……ないな…

少し大きな通りに出たが、閑散としている。空き家が多く「貸し出し中」の文字が建物の窓を飾っていた。

北って言ってたけど、こっちが北で合ってるのかな…、もしかしたら反対方向に向かっているのかもしれない。

どこかに地下鉄の看板が出ていないかと、注意深く周囲を見渡しながら潤は歩いていた。

「なっ！」

歩いている潤の真横を、もの凄いスピードの車が通り抜けた。

咄嗟に避けたが、左腕が車体に擦られ、風と摩擦熱を感じた。

あぶねぇな！　脇見運転かよっ。

やれやれと気を取り直して歩き出すと、今通り過ぎた車が前方で方向転換をした。

「えっ？」

潤の位置を確認するようにフロントガラスがこちらを向いたかと思うと、スピードを上げながら潤に向かって突進してくる。

――嘘だろっ！

明らかに自分を狙っていると確信したときには、もう目の前に車が来ていた。

「わぁああっ！」

もう駄目だっ！　当たるっ！

「じゅ、んっ、あぶないっ！！！！」

ドンと身体にもの凄い衝撃を感じ、潤は地面に転がった。誰かが直前に潤を突き飛ばしたのだ。

ダンッ、キキィ――――ッ…！

「社長ーっ！」

叫び声と何かが激しく当たった音と急ブレーキの音、タイヤが焦げる匂いがした。

潤が身体をゆっくり起こすと、そこには額から血を流した黒瀬が倒れていた。

「…くろせ？　嘘だろ？　くろせぇぇ――――！」

地から湧き上がるような潤の叫びが谺した。

「何で⁉　黒瀬っ、黒瀬っ、目を開けろ！　開けてくれよっ、な、くろせっ、冗談だろ？　何で俺なんか助けたんだよっ…逃げた俺を…うおぉ――――ぉ！」

潤が動かぬ黒瀬にしがみついて咆吼をあげた。

時枝が、潤の頬を引っぱたいた。

「落ち着きなさい。頭を打っていると思います。動かしては駄目です。脈は…あります」

「大丈夫だよな？　死なないよな⁉　な、どうなんだよ…どう…っく、うっ、」

「今すぐ救急車と車を呼びます。野次馬が多くなる前に、市ノ瀬さまはひとまずホテルに戻って下さい。警察が来る前にここを離れて下さい。いいですね。あとは私が何とかしますから。私が戻るまでホテルの部屋を出ないで下さい。いいですね？　判ってますよね？　あなた狙われているんですよ？　勝手に街を彷徨《うろつ》かないこと」

冷静な時枝の判断のもと、潤に指示が下る。

「嫌だっ！　黒瀬の側を離れない！　側にいるんだっ！」

再度時枝の手が、潤の頬に飛ぶ。

「いい加減にしなさい。何の為に社長が…黒瀬があなたを助けたんですか？　あなたに、もしものことがあったらどうするんですか？　正直、泣き叫ぶあなたがここにいても邪魔なだけです。黒瀬のことを助けたいという気持ちがあるのなら、大人しくホテルに戻りなさい！　いいですね？　わかりましたね。これが部屋の鍵です。フロントを通さなくても問題ありませんから」

潤の手に強引に鍵を握らせると、時枝は携帯で救急車を手配し、潤の為に車を頼んだ。民間のタクシーではなく、時枝の手の者を呼びつけた。

救急車の音が近づいてきた。が、救急車が到着するより前に、潤を送り届ける為に時枝が呼んだ車が着いた。中から白人の男が出てきて、何やら時枝と話している。

「さ、行って下さい。部屋に戻ったら、私以外が訪ねてきても決してドアを開けないこと。いいですね」

時枝が男に合図を送ると、男が泣き崩れている潤を担ぎ上げて車に放り込んだ。

「黒瀬っ！！！」

潤は動き出した車の窓に貼り付いていて、黒瀬の姿が見えなくなるまで叫んでいた。

もう二度と戻ることはないと思っていたアパートメントホテルの一室。

潤はベッドに腰を下ろし、ただひたすら黒瀬の無事を祈っていた。

生きててくれよ…

助かってくれよ……

黒瀬が死ぬなんてこと絶対あるはずないっ。

自慢げに、死神に嫌われていると言ってたじゃないか！

何で、俺なんか助けたりしたんだよ…

俺が言葉通り黒瀬にカプチーノ持って戻れば、こんなことにならなかったんじゃないのか？

全部、俺が悪いんじゃないのか？

俺の誕生日に死ぬなんて許さないからなっ。

死んだら、恨むぞ…死んだら死んだら…今までのこと、絶対許さないからっ。

神様、いるなら助けてやってくれ！

あんなヤツでも…あんなヤツでも…

時枝は、その晩戻ってはこなかった。

潤は一晩中、黒瀬の安否を心配しながら一睡もせず、時枝からの連絡を待った。


二十五日、早朝。

ガチャリと鍵が開く音に、潤が入口へと駆けた。

時枝が、疲労困憊の滲み出た顔で立っていた。

「黒瀬は⁉　な、無事だよな？　大丈夫だよな？」

時枝の上着にしがみつき、その身体を揺さぶりながら潤が問う。

「どうして何も言わないいんだよっ！」

何も答えようとしない、時枝の胸を潤が拳で叩く。

「無事なんだろ？」

時枝の目に訴えかけるように問う。

時枝が、悲愴な表情で首を横に振った。

全身の力が抜け、ガクンと潤はその場に座り込んでしまった。

「…う…そ…だろ……、オイ…」

あまりのショックで、涙ではなく乾いた笑いが潤から漏れた。

「…あは、あはは……」

そんな潤に時枝は何言うわけでもなく、潤の横を通り抜けると、リビングの椅子に無表情で腰掛けた。

潤から漏れていた笑い声も止み、無人のような静寂さが部屋中を覆う。

そのまま一時間ぐらい経っただろうか？　潤が静かに立ち上がると、時枝の元へと蒼白な顔で向かった。

「時枝さん、教えてくれよ」

静かに潤が時枝に尋ねた。

「何でしょうか。私に答えられることでしたら」

時枝も静かに受け答える。

「なんで……あいつは…俺を助けたんだ」

潤の問いに、一瞬冷ややかな視線を飛ばしたかと思うと、トレードマークでもある眼鏡を外し、静かにテーブルに置いた。そして、目を釣り上げて潤を睨み付けた。

「あなた、それマジで訊いてます？」

呆れた質問だとその目が語っていた。

「好きだからに決まってるでしょ。黒瀬はあなたを愛していたんです。他に何があるっていうんですか？」

「…そんなはずないっ。そんなこと信じられるかっ！　だったら、何故あいつはあんなこと…あんなことしたんだよ！」

俺を本気で愛していたというのか？

強姦したんだぞ。

所有物って言って酷いことしたんだぞ？

「あんなことって、どれを指しているんですか？　飛行機の中で悪戯したことですか？　それともあなたを暴行したことですか？　後者を指して言っているのなら、あなた本当にバカです。大馬鹿です」

「何で俺がバカなんだっ！　好きな人間にすることじゃないだろっ！」

潤の反撃に、時枝が立ち上がり、潤の耳朶を引っ張った。

「あなたは目で見たこと耳で聴いたことだけが真実だと思う単細胞ですか？　あれだけ一緒にいて、肌を合わせて何も感じなかったと言うつもりですか？　いちいち第三者の私が代弁しないと判りませんか？　なら、してあげましょう。この耳かっぽじってよく聴きなさい！」

時枝からいつもの冷静さは消えていた。

憤った感情が潤にストレートに向けられる。

「あの冷酷な男が、好きでもない人間のために敵の陣地かもしれない場所に乗り込み、一億以上の金を払うわけないでしょ！　慈善事業しているわけじゃないんですよ。あなたが拉致されたというとき、黒瀬がどれだけ動揺したか…あんな黒瀬は見たことがなかった。そりゃ、飛行機の中で不埒な真似をしたときは、ただの好奇心だったと思いますよ。でも、あなたに空港で叩かれて、黒瀬の中で何かが変わった。人が恋に落ちるって理屈じゃないでしょ。それぐらいあなたにもわかりますよね？」

わかるさ…　それぐらい…

「これこれこういう理由で人を好きになるんじゃないですよね？　突然襲われるようなもんですよね、恋ってそういうもんじゃないですか？　穏やかに育む恋もあるかもしれませんが、黒瀬は違った。それはあなたも同じだったと思いますよ。違いますか？　だから逃げようとしたんでしょ？」

本気だったというのか？

だったら、どうしてあんなことを…

「だったら何故だって言うんでしょ。これだから何不自由なく育った人間というのは…全く……。だからあなただったんでしょうけど。そういうあなただったから、黒瀬は本気になってしまったんでしょうけど。ここまで鈍感だと、報われない…あなた、社長が落札しなかったら、今頃アラブの金持ちのそれこそ玩具ですよ？　犬か豚扱いでしたよ。どれだけ必死であなたをあの場所から救出しようとしたか…。あなたしか見えてなかった。必死で救出したんですよ。でも黒瀬は場所からの救出だけに終わらなかった。あなたを本当の意味で救い出したかった」

耳朶から手を離し、今度は両手で潤の頬を挟んだ。そして優しくさすった。憤っていた時枝の目に優しさが混じる。

「思い出して下さい。黒瀬に無理矢理犯されて、傷だらけにされて、その直後から黒瀬を憎んだのではありませんか？　怒りと憎しみと痛みで、あの場所でのことを考えずに済んだのではありませんか？　憎悪の対象が目の前にあったことで、あなた自分を保ってられたんじゃないんですか？　もし仮に救出後、同情され優しくされ腫れ物に触るように接しられてたら、あなた乗り越えられたと思いますか？」

「…無理だった…と思う……」

思い出しては自分を責めていただろう。

そう、俺はそれほど強くはない。

時枝が何を言わんとしているか良く判った。確かにあのあと、頭の中心にあったのは常に黒瀬の事だけだ。そして、身体には痛みと快楽しかなかった。

「少しは利口になってきましたね。普通の友人や知人なら、あなたに同情して終わりです。優しい言葉をかけ、あれは事故のようなものだから忘れろって言うだけでしょう。でも黒瀬は違った。あのオークション会場で壊れたあなたを見てしまった。本気で助け出してあげたかったんです。黒瀬は私に言いました。『中途半端は駄目だ』と。あなたを暴行した直後にです。あんな辛そうな黒瀬を見たのは初めてでした。ええ、徹底的にあなたを傷つけたんです。心も身体も踏みにじったんです。でも黒瀬の心底にあったのは、あなたに嫌われても構わないから助けたいという一心と、あなたへの愛情でした。それはあなたも感じていたでしょ？　伝わっていたんでしょ？　だから、解ってなかったフリをするのはお止めなさい。もう気付いているはずだ。黒瀬が立ち直ったあなたを逃がすために、外へ連れ出したことを」

黒瀬…　バカヤロ……

イヤ違う…バカなのは時枝が言うように俺なんだ。

「泣いてもいいですよ。泣きなさい」

あまりの衝撃で泣くこともできなかった潤の目から大粒の涙が溢れ出す。その涙を時枝の手が拭う。

酷いことしても、黒瀬の温もりはいつも一緒だったじゃないか。

いつでも俺を包んでたじゃないか。

「黒瀬の『本気』をあなたは持っています。昨日黒瀬から何か預かりませんでしたか？」

「プレゼント…封筒もらった…」

「まだ見てないんでしょ？」

「朝まで開けるなって言っていた…まだ見てない…」

「もう朝ですよ。開けてご覧なさい」

早足で部屋に戻り、上着のポケットから封筒を取り出した。

「何、これ…そんな…」

出てきたのは小さな箱と四つ折りにされた一枚の紙。

広げてみると、今日夕方の便の電子チケットの控えだった。

「あなたの口座にも入金してますが、あなたがそれに気付くとは限らない。でもチケットがあれば帰国はできます。あなたが黒瀬から離れどこにいても、それを今日の朝忘れずに見れば帰国できるようになっていたのです。仮に今日気付かなくても、いずれはお金の確認もするでしょうし、あの額があれば帰国はいつでもできますから」

「何もかも…」

「ええ、知ってました。逃げたあなたがまた拉致されないように、危険な目に遭わないようにと尾行までして…そして、こんな目に遭ってしまった……」

もう「何故」の理由は明らかだ。

黒瀬は本気で俺のこと好きでいてくれたんだ。本気で守ろうとしてくれたんだ……

「あなたは生きて下さい。黒瀬が身体を張って守った命です。いいですね？　悲しむ前にすることは、日本に無事帰国することです。その電子チケットで帰国して下さい」

「一目でいいから、黒瀬に会いたい…」

冷たくなっててもいいから、何も話せなくてもいいから、会いたかった。

どんな姿の黒瀬でもいいから、潤は最後に一目会いたかった。

「無理です。もう仕事関係者が集まっていることでしょう。仕事関係者の中には今度のことをあなたのせいだと逆恨みしている者もいるはずです。私一人ではあなたを守りきれません。このまま空港に行って下さい。空港まではお伴します。あなたを無事に帰国させることが、黒瀬の遺志だと思ってます。ですから…我が儘を言わないで下さい」

黒瀬の遺志と言われ、潤はそれ以上何も言うことができなかった。


「ここでお別れです」

時枝に付き添われチェックインも済ませた潤は、セキュリティチェックの入口にいた。

搭乗時刻まではかなりあるが、ここをくぐれば一人でも危険はないだろうという時枝の判断のもと、早々と出国の審査を受けようというのだ。

クリスマスで街は静まりかえっているというのに、空港内には旅行者が溢れていた。それでも普段に比べれば少ないのかもしれない。

「いろいろお世話になりました」

潤が深々とお辞儀をする。それに対しての時枝の嫌味は何一つなかった。

「いえ、市ノ瀬さま。こちらこそ、あなたには辛いことばかり経験させてしまいました。また辛辣な言葉の数々、本当に申し訳ありませんでした」

時枝も頭を下げた。

真摯な時枝の姿に潤が慌てた。

「そんな、頭を上げて下さい」

「どうか、ご自分を責めないで下さい。黒瀬のことはあなたのせいではありません。あれは黒瀬が自分で招いたことです。あなたに非はありません。だいたいあなたが狙われたのも元は私達のせいなのですから。日本に戻れば大丈夫です。あなたの安全は保証します。そして、もう……いや、忘れることはできないでしょうね。黒瀬のことは忘れて下さいと申し上げるべきなのでしょうけど、無理だと思います」

「…無理です…」

「だったら、強く生きて下さい。ここでの経験はあなたには辛いことばかりだったと思いますが、その分、強くあなたらしく、自分に正直に生きて下さい」

「…努力してみます。ありがとうございました」

再度、潤が頭を下げた。

「市ノ瀬さま、お元気で」

「はい。時枝さんも…あっ、コレを」

潤は自分のジーンズのポケットから、彩子にもらったラブスプーンを取り出した。

「コレを黒瀬の亡骸に着けてやって下さい。お願いします。これが俺の黒瀬への本当の気持ちだったと伝えてほしい。恨んでないし、感謝してるし、そして…好きだった…」

「お預かりします。ちゃんと伝えましょう」

時枝が潤の手からラブスプーンを受けとり、ハンカチに包むとコートのポケットに収めた。

「じゃあ、行きます」

「お気を付けて」

潤は時枝に見送られながら、セキュリティチェックへと足を進めた。


帰りもビジネスか…

黒瀬らしいよな…

帰りもやはり多くのエコノミー客より先に搭乗する羽目になったのだが、行きと違い潤は落ち着いていた。震えもなければ、異常な恐怖心も湧いてこない。ただ移動のために乗り物に乗り込むという感覚だけだった。

ビジネスのシートって、こんなにゆったりしてたんだ〜

少ない手荷物を整理し、上着を脱ぎ腰を下ろす。ジーンズの後ろポケットに硬い物を感じて慌てて取り出した。電子チケットの控えと共に封筒に入っていた小箱だった。あとでゆっくり見ようと、ポケットに突っ込んだままになっていた。

シートベルトを締め、気持ちを落ち着かせてから箱の蓋を開けてみる。

——これって…

潤の左乳首を飾っているアメジストのピアスと同じ物が入っていた。

それと小さく折り畳まれたメッセージカードが。

狭いスペースにビッシリと隙間なく黒瀬の直筆のメッセージが添えられていた。

『誕生日おめでとう&メリークリスマス、潤。今私は君の隣にはいないんだろうね。もし、次があるなら、それは恋人同士としてかな？　そのときはこれを恋人の証として、君の右胸に飾りたい…そんな願望を込めてこれを君に。どこにいても潤の幸せを祈っている。黒瀬武史』

エコノミーの乗客も搭乗を始めたのか、機内がざわめきだした。そんな周囲の音や様子は潤の耳や目には届かず、潤はそのメッセージカードを見つめていた。

次なんか…ないじゃないか…

あの世で祈ってるっていうのかよぅ
ポタリと、黒瀬の字の上に潤の涙が落ちる。
水分で文字のインクが滲んできた。
……こんなものだけ残しやがって
下を向いたまま、嗚咽しそうになるのを拳を握って耐えた。

「あの、」

誰だよ、こんな時に…

隣の座席に誰か座ったのか…

「あのう、」

幻聴なんだろうか…　似てる声だ。

「お気分が優れないのですか？　震えてますが。飛行機が、怖いんですか？」

これに似たフレーズ……前にも　――この声で
まさか、…そんなはずっ！

――でも、…他に、
顔を上げる勇気がない。

「ホントに、大丈夫ですか？　大丈夫そうには見えませんが」

「…だ…い…じょうぶ…です」

「本当に？　こんなに震えているのに？」

聞き覚えのある甘ったるい声が耳元で響き、同時に潤の右の拳に見覚えのある大きな掌が被さった。

「その涙は、飛行機が怖いからですか？　それとも…」

そんなことあるはずないと思いながら、そうであって欲しいと、潤が勇気を振り絞って顔を上げた。

もう二度と会えないはずの顔が、潤を優しく、そしてとても心配そうに見つめていた。

「…ぅうっ、うっ、うう」

溢れ出る涙をもう止められない。

なくしたはずの者が目の前にいた。

夢？　幻？

夢でもいい。幻でもいい。

「私が泣かせているのですか？　…ただいま。ごめんね…泣かないで」

「本当に、本当に…黒瀬っ、だよな…幽霊じゃないよな…夢じゃないよな……本物…ぅう…」

黒瀬の顔が近づいてきて、チュッと潤の額にキスを落とす。

「幽霊じゃないよ。本物です。ほら、温かいだろ？」

黒瀬の手が潤の頬を触る。

「生きてたんだっ！」

腰を固定しているシートベルトを瞬時に外し、黒瀬に潤が飛びついた。

驚きと嬉しさが、潤から理性を奪った。

「黒瀬っ！　黒瀬っ！　くろせぇぇぇぇ――っ……」

黒瀬が生きてた！

そこが出発直前の飛行機の中ということをすっかり失念した潤が、黒瀬に抱きついたまま、黒瀬の名前を何度も呼ぶ。黒瀬の匂いと体温が、黒瀬が本当に生きていることを潤に実感させた。

「潤、もう泣かなくていいから。顔を見せて」

身体を少し離し、黒瀬と向き合った。

額の右にガーゼを留めているものの、元気そうな黒瀬の姿。

「もう、そんなに泣くと可愛い顔が腫れちゃうよ。ふふ、これありがとう。亡骸じゃないけど、着けてもいいかな？」

黒瀬が、シャツのボタンを一つ外し、ラブスプーンを触ってみせた。

「『恨んでないし、感謝してるし…』まではいいんだけど、『好きだった』って、それ過去形じゃないか。今はもう好きでいてはくれないんだ……しかも勝手に私を殺しているし」

俺の誤解だっていうのかよ…

「だって、時枝さんが…」

「私はここにいますが、何か？」

何食わぬ顔で、時枝が後ろの座席から口を挟んだ。

「…あ、あんた！　そうだよっ、こいつが死んだって、言ったんだよっ！　だから、俺は…俺は……」

潤が興奮して、時枝に喰ってかかる。空港で別れたはずの男が、我存ぜぬといった面付きで席に着いていた。

「市ノ瀬さま、もう着席した方がいいと思います。ちなみに私は一度も『死んだ』とは申し上げていませんが？　機内で熱烈なラブシーンも結構ですけど、先程から乗務員の方が困っているようです」

時枝のその言葉で、潤はここが狭い公共の空間だということを思い出した。

ゆっくりと周囲を見渡すと、ビジネスシートに着席した客が興味津々にこちらを見ているし、客室乗務員は声を掛けそびれて、二人の側に立っていた。

「す、すみませんっ」

現実を知らされ、真っ赤に赤面した潤が黒瀬から身体を離し、席に着く。黒瀬も潤の隣で離陸に向けて、シートベルトを締める。

「潤、会えて嬉しい。正直、今回は死神に好かれたかなと思ったけど、やっぱり嫌われていたみたい。軽い打撲と額を切っただけだったし。死んだ方がよかった？」

「バカッ！　そんなこと冗談でも言うなよ、くそっ、また涙が……」

「話はあとで時枝にゆっくり聞けばいい。彼が何を言って潤の誤解が大きくなったのか、私も興味あるし。ふふ、そんなことよりもさっきの答えは？」

飛行機がゆっくりと滑走路を動き出した。

「過去形じゃないと嬉しいんだけど」

「…所有物じゃなくて、側にいてもいいのか…。俺は…、違う形で側にいたいんだ……」

今回は生きて再び会えたけど、何となく潤にも黒瀬の世界がヤバイらしいことは見えてきていた。具体的には何一つ知らされてないが、二人でいられる時間があるのなら、自分の心を偽って、その時間を無駄にしたくないと思った。明日のことは解らない。明日どころか一分先さえ不明だ。失ったときに、後悔はしたくないとつくづく潤は痛感していた。だから、正直に黒瀬に今の気持ちを伝えた。

「ふふ、それって、潤の右乳首に私がピアスを飾ってもいいっていうことだよね」

それは恋人同士になるという意味だ。

「あぁ。そういう意味…」

「いいのかい、私がまた潤の身体に傷をつけても」

「違うだろ、愛の印だろっ。お前もそれなくすなよ…ラブスプーン……」

ゆっくりと滑走路を動いていた飛行機が一旦止まる。

アナウンスが流れ、他の飛行機が先に離陸するための待機だと伝えられた。

——あれ、おかしい。

マズイッ！　心臓がドキドキしだした。

黒瀬に再会してホッとしたら、忘れていた飛行機への恐怖心が蘇ってきた。

「潤、どうしたの？　顔色が急に悪くなって…また震えだしたけど。本当に気分が悪くなった？」

「…怖い…どうしよう、飛行機が飛ぶの怖いっ！　もう出発だよ…あぁ」

潤が黒瀬の手を自分から握る。黒瀬も握りかえしてくれるが、潤の震えは止まらない。

墜ちたらどうすんだよっ。

離陸、着陸時が一番事故が多いんだ！

そんな潤を黒瀬が面白そうに見つめている。黒瀬の瞳に妖しい光が宿っていたが、もちろん潤はそれどころではない。

「じゃあ、私が潤に魔法をかけてあげます。気持ち良くて、怖さも吹っ飛ぶ魔法を」

どこかで一度聴いたようなフレーズが耳をかすめた。それを思い出す余裕も潤にはない。

黒瀬が潤のシートベルトの上から下半身を覆い隠すように毛布を掛ける。

「えっ？」

黒瀬の左手が毛布の下に忍びこみ、潤のファスナーを下げた。

ま、さか…こいつは…また…

「帰国するまでに何度でも楽しませてあげるから、心配しないで。飛行機の恐怖なんて、私が与える快楽に比べれば微々たるものだよ」

飛行機が加速を始めた。

機体が前方から斜めに上がっていく。もう潤の性器は黒瀬の掌に握りしめられていた。

「っ、バカッ、こんなところで…あぁん…変だ、凄い…」

ゆるゆると扱く手に、最後に触れられたときより数倍感じていた。あっという間に達きそうだ。

「気持ちいいよね？」

「ん…もう、ヤバイ…って。ばかっ、この変態っ！」

「その変態が好きなくせに…そういう顔も可愛い…」

好きだよっ、このド変態！

んもう、知らないっ。

ここがどこでも関係あるかっ。

…逃げてやるもんか…ちょっとやそっとの変態行為でも、残酷な痛みを伴う行為でも、逃げてやるもんかっ。

もうたとえ逃がそうとしても離れてやらないんだ！

「——あぁ、くろせっ…もう…もう……」

イく瞬間、潤が黒瀬の上半身をぐいっと自分の方に引き寄せた。有無を言わさず、黒瀬の唇を奪った。

『あっ』

放出の瞬間に漏れた甘い吐息は、黒瀬の口腔に消えていった。そして、自分から黒瀬を貪った。

「はぁ、はぁ」

潤が顔を離すと、黒瀬の驚いた表情がそこにあった。

「…黒瀬、好きだ…もう俺を逃がすな。黒瀬が変態でもいい。俺にだけなら…」

「まったく、この子猫は、どこでこんな大胆なこと覚えてきたんだか。ふふ、皆が見てるよ。それにしても変態は酷いな。当たってるかもしれないけど」

下半身は隠れていても、キスしているとこは丸見えだ。今更そんなこと関係あるか。

今度は黒瀬が潤にバードキスを施した。

「もう放さない。潤、愛してる」

欲しかった言葉が潤を優しく包む。

「愛している…潤」

その言葉に包まれ、黒瀬の愛情を感じながら、潤は安心して眠りの中に落ちていった。

「ふふ、お休み。悪戯しないから、ゆっくりオヤスミ」

やれやれ、手間の掛かる二人だ。

特別ボーナスが出てもいいほど俺は頑張ったぞ！

どうせ、俺のことなんか眼中にないんだろうけど。

俺のこの見事な迄の演技力があってこそ、あの青年は素直になれたんだ。

『逃がす』って言っておきながら、雄花の告白聞いて、『一緒に帰る』って言い出すし。

隣の席じゃないと嫌だって我が儘言うし。

俺は昨日から寝ずに働きっぱなしだ！

隣の席、ホントは埋まってたんだぞ！

いちゃつけるのも俺のおかげだっ！

そこのところ、ちったぁ、感謝しろよっ！

…はあ〜

しかし上手くいったらいったで、俺の仕事は増えそうだ。

青龍への報復もあるし…

俺はもしかして墓穴を掘ったのかもしれない……

…はあ〜

幸せそうに寄り添う二人をシートの隙間から覗き込んでいた時枝の口から、深い溜息が漏れる。
いいさ、幸せが逃げたって…溜息ぐらい、いくらでもついてやるっ！
じゃなきゃ、やってられるかっ！
機上で始まった潤と黒瀬の恋は、ようやく開花を迎えた。
結果、時枝だけに無情な形で。

初めてのおつかい　イン　ロンドン

それは夢か幻か…

「は〜っくしょん！」

真冬のロンドン市内を彷徨《さまよ》う日本人男性が一人。

もう夜の十一時を回っている。こんな時間に一人で彷徨《うろつ》く観光客は珍しい。旅行代理店経由のツアー客なら、事前に渡された注意書きで深夜の一人行動は慎むように促されているはずだ。

しかしながら、この男は旅行客ではなかった。

イギリスには仕事のため、何度も訪れている。夜のロンドン市内が日本よりも危険なことは重々承知している。だが、腕にはある程度自信があるし、少々の危険は切り抜ける自信もあった。なぜなら、この男、一般企業の社長秘書という肩書きを持ちながら、盗品売買の片腕として、闇の世界にも足を踏み込んでいた。昼であろうと、夜であろうと、この男にたいした違いはない。

が、この日は少しばかり違っていた。

コートのポケットのメモを取り出す。自分の雇用主、株式会社クロセの社長、黒瀬武史の直筆で書かれた文字の羅列を目で追うだけで「はあ〜」と深い溜息が出る。どうして、『おつかいぐらいはできます』なんて言ってしまったのだろう。メモには『時枝、間違えないようにね。いい年なんだから』と、わざわざ記されていた。

名前まで入れることないと思うが？

ああ、どうせ俺はいい年ですよっ。

時枝勝貴、年は三十三歳。眼鏡を掛け、歩く姿は疲れたジャパニーズビジネスマンそのものだ。洋画に出てくる日本人の会社員を思わせる。違う点は彼の掛けている眼鏡のフレームが細く、スタイリッシュであるということぐらいか。そんな時枝が今向かっている先は、日本で言うところの「大人のオモチャ」を扱っている店なのだ。

頼まれたおつかいというのが、アナル調教用の玩具を買ってくることだった。

そういう店がガイドブックに載っているはずもなく、パブや通りで尋ねて回り、やっと一件の店の場所を突き止めた。

アダルトショップの場所を他人に聞いて回るということが、どれだけ恥ずかしかったか。

真面目そうな日本人が口にするので、皆、奇異の目を向けた。自分が使うのではないと、その度に言い訳をして、上司のおつかいで、これは仕事なんだと説明した。

「くそっ、絶対信じてもらってない！ 俺の趣味だと思われてる…」

ブツブツと文句を垂れ流して、教えられた店に辿り着いたときには深夜零時を回っていた。

「あら、いらっしゃい。珍しいわね…日本人？」

ピンクの髪に、鼻と眉と耳にピアスをぶら下げた若い男が出迎えた。

店の看板には「ＢＯＯＫ」とあったので店を間違えたと思ったが、一歩中に入るとソコは怪しいグッズが所狭しと並んでいた。確かにＢＯＯＫと掲げているだけあって、その手の本も多く陳列されていた。人気がある店なのか、深夜だというのに客も時枝を含め十人はいた。

こういう店に来るタイプに見えないのか、入った瞬間から時枝一人に視線が集まる。

ここは事務的にさっさと買い物を済ませて帰ろうと、メモにあったアナルビーズの形状と色をピンク頭に説明した。

「ふふ、日本人もこういうの好きなんだ。自分で使うの？」

ピンク頭が意味深に訊いてきた。

「っつ！」

ピンク頭の問いかけに答える前に、誰かが時枝の尻を撫でた。振り返ると、体格のいい長髪の男がニヤついていた。

「うちの客に何してるのさ、フレッド。日本人は締まりがいいだろうけど、お前のデカチンじゃ、壊れちゃうだろ？」

ピンク頭が時枝の代わりに注意してくれた。

「だけどよ、こういうタイプ珍しいだろ。お触りぐらい、いいだろ？　な、あんたも、好きだよな」

男が今度は指を一本立て、確実に時枝のアナル狙いで服地の上からぐいっと突いてきた。

相手が子どもなら、「浣腸するなっ！」の一喝で済まされるような行為だが、相手が明らかに性的意味を持たせて触っているので、笑って済まされるようなことじゃなかった。

「すみませんが、止《や》めていただけませんか？　私、そういう性癖はしておりません」

その時枝の言葉に、ピンク頭が笑い出した。

「あんたね、こんなもの買いに来てそんなこと言っても、全然説得力ないよ。だいたい、この店、ゲイオンリーなんだから。この店の存在を知っていること自体、立派な『そういう性癖』の持ち主だってことさ」

ピンク頭の言葉に、何故自分に視線が集まったか時枝は気付いた。日本人が珍しいというよりも、その手の嗜好の持ち主だということで、値踏みされていたんだろう。

「どう見ても、あんた、ガールだよね。コレは、挿れてもらうんだろ？」

「違います！　私は上司に頼まれて買いに来ただけです！」

「そうか、あんたの彼氏は上司か…じゃあ、会社の中でもやってるの？」

「上司は彼氏じゃありません！」

「ふ〜ん、日本人も結構乱れてるね。彼氏じゃない上司とこういうの使うんだ…へ〜」

さっさと渡してくれればいいものを、ピンク頭が大小のアナルビーズを時枝の顔の前で卑猥な手つきで弄りだした。

「どうせなら、ここで記念になることしていかない、お客さん？　コレ、全部タダにしてあげるよ？」

「何ですか？　記念になることって？」

訊かなきゃいいものを好奇心で時枝はつい訊いてしまった。

「フレッド、グッドジョブ」

油断大敵とはよく言ったものだ。まさか店内で羽交い締めにされるとは思ってなかった。時枝はフレッドという男に身体の自由を奪われた。逃げられない状態の時枝にピンク頭が何かを嗅がす。ふ〜っと、意識が遠のいていくのを感じた。

店中の男達が時枝を取り囲んでいた。

『ヤルのはマズイ。指ならいいだろう』

『俺、日本人の尻見るの初めて』

『どんな色だろう?』

いつの間にか尻は剥き出しにされていた。

八方からの手が時枝の尻を触る。

『へえ、意外と綺麗な色だ』

『おい、フレッド、指一本にしとけよ。お前は指も太いからさ』

『うるさい外野だ』

『きっちきちだ…やはり日本人は狭いな』

『おい、こいつ、指で感じたみたいだぞ?』

半覚醒状態のまま、声だけが時枝の耳に届いた。しかし、感覚がない。声の内容からして、尻を指で犯されているのは間違いないのだが、感覚がないので、動揺もなかった。まさか、おつかいに来て、自分がこんな目に遭おうとはこれっぽっちも思っていなかった。


「あれ、ここはどこだ?」

早朝、時枝はコーヒーショップにいた。

テーブルに突っ伏して寝ていた。

変な夢を見てしまった。夢だよな? 夢じゃないと困る。

慌てて、自分の身なりをチェックした。どこも乱れてはいない。

テーブルの上に小さな紙袋が置いてある。自分が持ち込んだのだろうか？

中身を確認すると、黒瀬に頼まれた玩具が入っていた。

どこからが夢でどこまでが現実なんだ？

財布を確認した。ちゃんと買い物をしたなら、現金が減っているか、カードの明細があるはずだ。

…減ってない……

…明細もない………

はは、まさかな？　そんなはずは…ないよな？

立ち上がるとショップの店員にトイレの場所を訊き、駆け込んだ。

個室に籠もると、恐る恐る自分の肛門を触ってみた。別に何の違和感もない。

「問題ない！　何もなかったんだ！　当たり前だ！　あってたまるかっ！」

自己暗示に掛けるように、この日のことを自分の中から全て抹殺した時枝だった。

不眠不休

「――潤は…もう機上かな…」

青白い顔の黒瀬が、虚ろな眼で呟いた。

「いいえ、まだでしょう」

黒瀬が救急車で運ばれた病院。

死神から嫌われている男は、車に跳ねられても打撲とかすり傷で済んでいた。それでも、安静を言い渡され、個室に入れられた。

そこに時枝が入ってきた。

顔色の悪さで言えば、時枝の方が上だろう。昨日から一睡もしていない。

「まだ、搭乗まで時間があります。危険が無いよう、早めに空港にお連れしました。セキュリティのゲートをくぐるのを見届けましたのでご安心を」

「…潤には、――俺のこと…」

「その点もご心配なく。死んだと思いこんでいます」

「――そう。…それでいい…それで。潤が無事なら、俺のことなど……」

鬼の目にも涙？

そんなはずあるわけない…ないが…冷酷な男の眼を輝かせているものは、通常『涙』と呼ばれる水分じゃないのか？

黒瀬に限って、泣く、という行為はあり得ない。感情の一部が欠落している男が、誰かを想って泣くなどあり得ない。しかし、昨日から黒瀬は、時枝の前であり得ない姿ばかり見せている。

いや、違う。

昨日からではなく、潤と出会ってからの短期間で、黒瀬は劇的に変わった。

「彼は忘れないですよ。一生、社長のことを想い続けると思います。彼があなたにと、これを」

時枝が上着のポケットから何かを取り出し、黒瀬に渡した。

「…これは」

木彫りのスプーンのペンダントだった。

「彼が大事に持っていた、ウェールズ地方のラブスプーンですよね。あなたの亡骸に着けてやって欲しいと頼まれました。『恨んでないし、感謝しているし、そして、好きだった』…これが、あなたへの本当の気持ちだったと」

黒瀬が、ベッドから跳ね起きた。

「一緒に帰る」

腕の点滴針を乱暴に引き抜きながらハッキリと言った。

「今なんと？」

聞き取れなかった訳ではない。

意味を理解したくなかっただけだ。

全身打撲で絶対安静と言われている男の言葉だと思いたくなかった。

跳ね起きた段階で、安静はもう破られているのだが。

「人の話を聞かない秘書はクビ」

「聞いています。安静を言い渡されている社長の口から『一緒に帰る』と聞こえたものですから、聞き間違いかなと思いまして」

「間違ってないけど。優秀な秘書が至急チケットを手配してくれるはず。ちなみに、潤の隣じゃないと殺すよ」

「あのう、彼の出発まで一時間切ってますが」

「空港に向かう。その道中でチケットの手配をすれば間に合う」

「…ドメスティックではなくて、国際便ですよ？」

「だから?」

ギッと黒瀬が時枝を睨んだ。

はいはい、分かりましたよ。

不可能を可能にしてこそ、お前の秘書が務まるんだ。

退院手続きに時間を要しようが、空港までの移動に時間を要しようが、出国手続きに少なくとも二十分掛かろうが、間に合わせてやろうじゃないか!

無理した結果、あの世行きになっても俺は責任取らないからな!

「間に合うよう、急ぎましょう。但し、身体に異常が現れても、私の責任にはしないで下さいよ」

「ふふ、潤の言葉で痛みも取れた」

そんなはずはないだろうっ!

全身打撲男のくせに!

でも、ここで飛行機に乗せなかったら、ネチネチいびられ寿命を縮めるのはこの俺だ、と時枝も覚悟を決めた。

「裏口でお待ち下さい。退院手続きを済ませてから車を回します。あ、パスポートは携帯していますよね?」

「誰にそんな確認をしてるの?」

日本以外の地で外出するときは、常にパスポートは携帯している。それは時枝も同じだが、昨日アパートメントホテルを出てからいろいろあったので、念のために訊いたに過ぎない。

「仮に紛失していても、ふふ、優秀な秘書なら何とかしてくれるよね?」

できるかっ!

という言葉は、腹の底に抑えて飲み込み、

「当然です。ご心配なく」

表情を変えずに時枝は答えた。


「ふん、俺様の手に掛かれば、こんなものだ」

自画自賛。

二つの仕事を五分でやり遂げ、時枝は自分の仕事に満足していた。

一つは、まだ安静にした方がいいというドクターを説き伏せ、退院手続きを終了させたこと。念のため鎮痛剤は預かった。

もう一つは車の手配だ。

ロンドン名物のタクシーという選択肢もあったが、クリスマスに走っている数は少ない。

地下鉄、空港行きのエクスプレス、リムジンバス、とタクシー以外にもヒースロー空港までの足はあるが、時枝が選んだのは違うものだった。

「社長、お待たせしました。手続き完了です」

黒瀬が待つ病院の裏口に、一台の特殊車両が停まり、時枝が中から顔を出した。

「ふ～ん、時枝もやればできるじゃない」

「当然です。お乗り下さい」

黒瀬が乗り込んだのは、なんと救急車両だった。昨日黒瀬を運んだ車両と同じナンバーだ。

時枝が運転手に合図を送ると、車は猛スピードで空港に向かった。もちろん、サイレン付きで。

「イギリスの救急車両が貸し出しOKとは、知らなかったよ」

「貸し出し？　違います。救急隊員を買収しただけです」

「可哀想に。時枝のせいで彼は職を失うね。時枝って酷いよね」

「社長にだけは言われたくありません。職を失っても大丈夫な額で話を付けてますから問題ありません。もちろん、社長のポケットマネーですけど」

「もし間に合わなかったら、時枝の給料から引く」

「はあ？　ご冗談でしょ⁉」

黒瀬にとっては端金でも、時枝にとっては年収の数年分にあたる額だ。

「冗談？　どうして俺が時枝相手に冗談を言わないとならない。時間の無駄。そもそも給与の心配はいらないかも。間に合わなかったら、彼も時枝も生きてないし」

「――それって、もちろん本気ですよね」

「仕事のできない人間など、存在してても無意味。どの辺りの海にする？　四肢バラバラに沈めてもいいかも。太平洋に大西洋にインド洋、アマゾンでピラニアのエサというのも有りかもね」

間に合っても、潤の隣じゃないと殺すくせに……あっ、ヤベッ！

病室で黒瀬に言われた言葉とやり残した仕事を思い出し、時枝は慌てて携帯電話を取り出し、航空会社に電話した。

潤のチケットを日本の航空会社で取ったので、日本語で会話ができたのは都合が良かったが……

「――え？　隣が空いてない？　チェックイン済んでるから、変更無理？　何とかして下さいっ！　あなた、プロでしょっ！　無理を承知でお願いしてるんです。ダブルブッキングだったとか、コンピューターのトラブルとでも言えば済むでしょ。なんとか、言い訳考えて下さい。空港スタッフにその客とっ捕まえさせて変更を。変更してくれなかったら、あなたのせいで尊い人命が一つ失われるんですよっ！　いいんですかっ！…はぁ？　何の権限？　私？　株式会社クロセ社長秘書、時枝勝貴だっ！」

日本語が通じすぎて、時枝は相手にすっかり頭のおかしい人間と思われたようだ。プツッと通話が途切れた。

「ずいぶんとエキサイトしていたけど、潤の隣は問題ないんだよね、時枝？」

できれば軽く冗談めかして訊いて欲しかった。しかし、黒瀬の目は全く笑っておらず、冷ややかな視線が時枝を突き刺している。

「え、…はい。問題…ありません」

「ふ～ん、ならいい」

問題大ありだッ！

だが、まだ終わったわけじゃないっ！

最終的に、隣の席になっていればいいんだっ！

諦めたら最後だっ！

『もっと、スピード出せないんですか！』

時枝の焦りの矛先が買収した運転手に向かう。

『無茶言うなよ。だけど、アッチにもう少しイロ付けてくれるなら』

『命惜しくないのですか？　遅れると私もあなたもあの世行きなんですよっ』

『命？　何の話だ？』

『遅れると殺されるという話です』

『聞いてないぞッ！』

『言ってないので。とにかく、』

時枝がすーっと息を深く吸う。

『長生きと金、両方手に入れたいならスピード出せ！』

英語の罵声が車内に轟く。と、同時に運転手のアクセルを踏む足に力が入った。

一方、黒瀬はというと、時枝と運転手のやりとりなど全く耳に入ってない様子だ。

時枝経由で届いたラブスプーンを握りしめ、「潤、…潤、——あと、もう少しだからね」と、心此処にあらずといった感じで、ブツブツと呟いている。

時枝の脅しが功を奏し、空港にはかなり早く着いた。

それでも残り時間は三十分を切っている。

セキュリティチェックの列に二人揃って堂々と割り込み、さっさと出国手続きを済ませると、時枝は黒瀬と一旦別れた。

潤の隣席の人物を捜すためだ。

チケットの変更ができなかったとなると、あとは直接頼み込むしかない。

搭乗口のゲートには、すでに搭乗案内を待つ人の列ができていた。その列に、通常、ビジネスクラスの人間は少ない。なぜなら、並ばなくても先に通されるからだ。

…市ノ瀬潤…

時枝は列の中に潤の姿を見つけた。

先に通されることは日本を出国したときに経験しているだろうに、彼は列の中にいた。

時枝に気付いた気配はない。

飛行機の搭乗に向け、怯えている様子もない。無表情で前方を見ている。

潤のことに注意を払う必要はなさそうだ。時枝は、待ち合いのシートに座っている人間にターゲットを絞り、一人一人に聞いて回った。

「大変恐縮なのですが、ビジネスクラスの方ですか？——お座席は？」

短時間での聞き取り作業。

ことごとく外れ、時間だけが迫ってくる。

搭乗後に頼む方法もあるが、——その方が、断然楽だが…、黒瀬は納得しないだろう。

「時枝」

自分を呼ぶ声に、シートからシートへと尋ね回っていた時枝が振り返った。

遅れて来た黒瀬が立っていた。

「ふふ、あそこに潤がいる」

彼が幸せに満ちた笑顔を浮かべると、いつもの微笑の千倍は不気味だということを時枝は改めて実感した。

「機内での再会が楽しみだ」

プレッシャーを掛けられ、時枝の焦りが増す。

「いっそ、今、再会したらどうです?」

「ドラマチックな演出が必要じゃない? そして、私と雄花の愛はダイアモンドの硬さと輝きを放つ。あぁ、夢みたいだ」

『…一生夢見てろっ、』

声にならないはずが、疲れて半開きの口から言葉となって溢れた。人の聴力で聞き取れるか聞き取れないかの微妙な音量だった。

「ありがとう、時枝。一生、潤と二人で夢のような日々を過ごすよ」

黒瀬の耳にはしっかり届いていた。

「どうぞ、ご自由に。忙しいので、邪魔しないで下さい」

「忙しい? 搭乗前にバタバタする理由はないと思うけど」

こいつ、俺がまだ隣の席を確保してないと知ってて言ってるだろ！

「あなたにはなくても私にはあるんですっ！　潤さまも並んでいることですし、あなたも列に並んでみたらどうです？　ギリギリで彼の前に現れた方が、劇的でしょ」

「時枝にしては気の利いたこと言うね。そうしよう」

黒瀬が列の後方に向かう。邪魔者がいなくなり、時枝の作業が再開された。

再開されたが…一向に対象者が見つからない。潤や黒瀬のようにエコノミーの乗客に交じって列に並んでいるなら無理だ。

焦りで時枝の額には、脂汗が浮かんでいた。

あと五分で搭乗開始というアナウンスも入り、時枝は賭けに出た。

「あのう、失礼ですが、新婚旅行でこちらに？」

絶対有り得ないと無視していた、人目も気にせずいちゃつく二人組に声を掛けた。

「はい、そうですけど。あんた、何？」

旦那の方が、なんだ、コイツは、と露骨に嫌な顔をした。

「先程、グランドスタッフから、気の毒にも席が離ればなれになったハネムーンのカップルがいると伺ったものですから。もしかして、と思いまして」

全くの嘘である。そんな情報をスタッフが客に流すわけがない。潤の隣は一人しか座れないので、夫婦やカップルは対象外にしていたのだ。特に新婚のバカップルは。

「そうなのよ。ヒロポンと離れちゃったの。きっとミユが可愛いから、空港の人が意地悪したんだよ。ね、ヒロポン」

キタ＝＝＝＝＝＝＝＝＝＝＝＝＝！

これだ。コイツらのどちらかに違いないっ！

跳ね上がりたい衝動を、時枝はなんとか抑え込んだ。

「ミユたんの美しさが、あのイギリス女には眩しかったんだよ。アヒルやら運動やら変な日本語で、俺達に意地悪しやがって」

アヒル？　運動？

――それは…もしや、アイルとウィンドウのことじゃ？

きっとそうだ。通路側と窓側のどちらがいいか訊かれたんだ。

「笑顔で対応してやったのにさ。イエスって英語でキメてやったしな」

「うん、ヒロポン、格好良かったよ。ヒロポンの英語最高！　それなのに、見てよ、コレ！」

アホ嫁が、もとい、ミユたんが時枝に搭乗券を差し出した。

「６Ｂ…」

ビンゴ――――ッ！

やっと見つけた。潤の席は6Aだ。潤の電子チケットを購入する際、時枝が座席指定をしたのだから間違いない。

「酷いでしょ。ヒロポン7Bなのに」

前後だから、離ればなれという程ではないが、機内でもべたべたしたいのだろう。とにかく助かった。

「それは気の毒だ。そこで相談なんですが…」

会社の上司と横並びの席になったのだが、嫌なヤツで日本までの長時間、隣り合わせが辛い。人助けと思って、席を替わって欲しい、と時枝は持ちかけた。

勿論、二つ返事でOKだった。

ゲートを通過する前に、保安強化でチケットとパスポートの照会がある。だからチケットの交換ではなく、直接機内で座席を入れ替わることにした。

「私と上司の席は11Aと11Bですので、そちらにお座り下さい。もし、キャビンアテンダントに何か言われましたら、私に頼まれたとおっしゃって下さい。これが私の名刺です」

「じえだ、さん?」

普段だったら、皮肉たっぷりに訂正する時枝だが、今の時枝は慈愛に満ちていた。

「じえだと書いて、ときえだと読みます。成田まで楽しくお過ごし下さい」

眼鏡の奥の目を細め、微笑みを浮かべ、間違いを正した。命を繋げてくれた人達だ。バカ丸出しの若いカップルでも恩人には違いない。

本当に危なかった。ギリギリだった。

時枝の細めた眼が元に戻ったと同時に、ビジネスクラスの搭乗開始となった。

二人は真っ先にゲートを通過した。席が隣になった喜びが全身から溢れていた。

二人とは対照的に、どんより暗いオーラを放つ潤も、列から離脱し機内に向かった。潤の姿を見届けると、時枝は列に並ぶ黒瀬を捜した。

「お待たせしました」

「別に待ってないけど?」

ここは『お疲れ様』とか『ああ』とかの返事だろ、普通。

「そうですか。失礼しました」

昨日から一睡もせずに振り回されてこの扱いかよ…

いいんだ…いいんだ…、これでこの男に少しは真っ当な感情が戻るなら…

——離陸したら、ゆっくり寝る…

あと、少しの辛抱だ。

感動の再会を見届けてから、寝てやるからなっ!

時枝は、疲れた身体を引き摺って機内へと進んだ。

離陸してから再び地上に戻るまでの十三時間、一睡もできない状況が待ち受けていることなど、知る由もない時枝だった。

あとがき

初めましての皆さまも、いつもご支援頂いています皆さまも、この度は、この『機上の恋は無情！』（通称・機上恋）をお手に取って頂きましてありがとうございます。砂月花斗《すなつきはなと》です。

DX《デラックス》本の発行は考えていましたが、まさか一般書籍になろうとは…

今回、本書の製作にあたり、多くの方にお力添えを頂きました。企画と編集のそれぞれの担当様、装丁のデザイナー様、それに超多忙の中、快く表紙イラストを引き受けて下さった慧様、本当にありがとうございました。

店舗に並ぶ迄に、更に多くの手をお借りするわけですが、その全ての皆さまに、厚く御礼申し上げます。

さて、本作についてですが、この機上恋をを執筆したのは今から五年前になります。ブログ小説という形で発表させていただきました。更新を始めた当初は、日に数人のアクセスしかありませんでした。しかし、機上恋のラストには、一万を越えるページビュー（閲覧数）となっていました。

その理由は…謎です。

ブログ小説は、WEB小説の中でもどちらかと言えば毛嫌いされる傾向にあります。ましてや、ランキングに所属しランキングバナークリックをお願いするブログって、読む前に皆さんページを閉じます。現実、オンラインノベル系のアンケートでこの二つは常に足が遠のくサイトの上位です。

だから謎なのです。

その謎を深めているのが、当時の文章の稚拙さです。今回出版にあたり、何度も原稿と向き合うことになりました。ここまで酷かったっけ？？？と目眩が。

商業作家さんも顔を並べるランキングで、よくまあ、皆さん、毎日毎日応援して下さっていたなと、改めて感動と感謝です。私だけでなく、黒瀬も潤も時枝も、感謝していると思います。時枝に至っては、ファンクラブまで作って頂き…。

きっとファンの皆さまは、私に国語の教科書的な正しい文章やら日本語を求めていないんだと思います。●●大賞等に投稿すると求められますが…ファンの皆さまからは違うものを求められている…と勝手に思い込んでいます。

その「求め」と機上恋の何かが一致した結果、化学反応が起ったのかもしれません。

今回初めて私の文章に触れた皆さまの中には、顔を顰めた方も多いと思います。それでもストーリーそのものに興味・関心を持って下さるようなら、是非、この続きもお手に取って頂ければと思います（同人誌版完売している作品は再版予定あり。書籍のリクエストは文芸社さんの方へ）。


偶然の出会いで人生が変わる……これを経験している方は意外と多いのでは、と思います。私にはそういう経験が結構あります。

この機上恋にしてもそうです。元々私はボーイズラブというカテゴリーがあることすら知りませんでした。今はドップリ浸かっていますが（笑）

偶然の重なりでBLとかJuneとか呼ばれる小説に出会ってしまい…今に至るです。

潤と黒瀬も出会ってしまったが為に、それまでの人生とは、価値観も含め、大きく変わります。過ち失敗を繰り返し、人を傷付け、また傷付けられ、ある面では人間として成長し、ある面は更に酷く（え？）…と。

潤と黒瀬が、この先、どう変わっていくのか…そして、時枝の恋愛は…？

私の成長と共に、機上恋シリーズのキャラ達の成長も温かく見守って下さると幸いです。

★黒桐Co. 会員募集★

機上恋シリーズのＨＰ【黒桐Co.】内にパスワード制の会員ページを設けています。

会員ページ内は、機上恋の続きである『地上の恋も無情！』・同人誌完売作品・新作などを公開しています。

会員申請して頂きますと、パスを郵送にてお渡しします。

※会員申請無料・パスは更新制です。審査等ありません。

会員希望の方は、

①帯に付いている**応募券**（コピー不可）

②**80円切手**を貼った（**パス送付先の**）**住所氏名**を書いた**封筒**（注：海外からの申請の場合は、切手を貼らないで下さい）

①②を同封の上、下記宛にお送り下さい。

※申し込みは郵送等に限らせていただきます。電話等の問い合わせはご容赦ください。

送付先

〒160-0022
東京都新宿区新宿1-10-1
株式会社 文芸社
「機上恋」会員申し込み係

第１期応募〆切2011年12月31日
第２期応募〆切2012年３月31日
第３期以降はＨＰにてご確認下さい

秘書シリーズ（勇一×時枝）/同人誌

「秘書、その名は時枝」800円　2009,03発行

社長秘書時枝と黒瀬の兄で桐生組の組長勇一。
セックス込みの友人から恋人に発展した二人の少年期の出会いから、機上恋シリーズ名物秘書時枝が生まれる迄の軌跡。
★本編（メインシリーズ）知らない方も秘書シリーズ導入としてご覧頂けますが、オススメの読み順は「地上の恋も無情！」後です。

「秘書の嫁入り～青い鳥」1000円　2009,12発行

仕事に追われる時枝の元に届いた勇一の見合い話。
勇一の立場を考え、身を退く覚悟を決めた時枝だったが…

「秘書の嫁入り～犬」1000円　2010,03発行（注：獣姦有）
「秘書の嫁入り～夢」1000円　2010,05発行

「秘書の転職」2010,8発行

「その男、激情！　壱」1000円　2010,10発行
「その男、激情！　弐」1000円　2011,03発行
「その男、激情！　参」1000円　2011,06発行
「その男、激情！　肆」1000円　2011,08発行
以下続刊

ヤクザシリーズ（佐々木×大喜）/同人誌

（挿絵・オマケ漫画付　画/慧）

「ヤクザ者Sの純情！（上）」1000円　2009,08発行

刺青背負い、ナニには真珠入り、昔気質の怖面中年ヤクザ佐々木と、借金抱えた生意気な大学生大喜。恋になるのかならないのか、あまりにヤクザが純情で…。機上恋メンバーもチラホラ出演のドタバタ純情恋愛劇。
※メインシリーズ・秘書シリーズ関係なくご覧頂けます。

「ヤクザ者Sの純情！（下）」1000円　2009,10発行
「ヤクザ者Sの純愛！（上）」1000円　2010,03発行
「ヤクザ者Sの純愛！（下）」1000円　発行予定（時期未定）

歩き方に迷ったら…
黒桐Co.（機上恋シリーズHP）
http://storystory.sakura.ne.jp/

STORY＊STORY（ブログ）←他サイトの入口もココ
http://hanato2.blog17.fc2.com/

機上恋シリーズの歩き方

メインシリーズ（黒瀬×潤）

「機上の恋は無情！」（本書）

シリーズ第一弾。

飛行機恐怖症の大学生と、一風変わった青年実業家が織りなす、ハードな恋愛模様。

オンライン（1万pv/day）→コピー本（完売）→同人誌（完売）を経て単行本になりました。

「地上の恋も無情！」

黒瀬と潤、時枝の三人に、黒瀬の兄・勇一（桐生組組長）、佐々木（若頭）他、新メンバーが加わっての「機上～」続編。機上恋が**怒濤のイギリス編**だとすると、地上恋は**地獄の日本編**です。

機上恋で謎だった黒瀬の背中の傷や、黒瀬と時枝の背景が明らかになります。


続編の予定はなかったのに、時枝にも誰か良い人を～というファンの皆さまの声で生まれました。黒瀬と潤の機上恋以上にハードなストーリーに加え、時枝と勇一の恋バナ有りの二重構成。

同人誌版　地上の恋も無情！（1）（2）（3）完売
新装版発行予定あり。
オンライン：一部公開中（全編は会員ページ掲載）

「南の恋は熱情！（仮）」（会員サイトにて更新中）

黒瀬と潤の新婚旅行編。会員サイトにて更新中。

同人誌発行時期未定。


同人誌はイベント会場または通販でお求め頂けます。

（イベント参加情報はブログまたはサイトでご確認下さい）

★通販は中央書店コミコミスタジオ様に委託しております。
在庫があればお求め頂けます。

コミコミ-D-スペース「Dスペ」（PC/携帯）
コミコミスタジオWEB本店（PC）

商品検索で「砂月花斗」と入れて頂きますと作品一覧が出ます。

著者プロフィール

砂月 花斗（すなつき はなと）

福岡県出身・在住。11月17日生まれ。
教育学部数学研究室卒。
サークル「砂月玩具店」「黒桐Co.」主宰。オンラインノベリスト。
〔既刊書〕
コミック『人間未満』（ミリオン出版）原作
『嘘だろッ』（SmartEbook.com）原作
『眠り姫に目覚めのkissを！』（SmartEbook.com）原作

カバーイラスト：慧《けい》

機上の恋は無情！

2011年９月15日　初版第１刷発行
2011年９月20日　初版第２刷発行

著　者　砂月 花斗
発行者　瓜谷 綱延
発行所　株式会社文芸社
〒160-0022 東京都新宿区新宿1－10－1
電話 03-5369-3060（編集）
03-5369-2299（販売）

印刷所　神谷印刷株式会社

ISBN978-4-286-10652-6